撸撸姐的超本格事件簿

陆烨华 著

新 星 出 版 社　NEW STAR PRESS

目录

1	超本格杀人事件
11	超速消失事件
21	超纯洁初恋失踪事件
29	超监视偷窃事件
39	超短时间烂掉了事件
49	某人正传1——未见
55	超不本格杀人事件
65	超危险坠楼事件
75	超童谣模仿事件
87	某人正传2——初见
97	超长伏线硬要回收事件（上）
107	超恶魔作祟事件
117	超玩命本格迷聚会事件
125	超新手小偷闯空门事件
135	超大恐龙出没事件
147	某人正传3——解答何必十种
159	超长伏线硬要回收事件（下）
175	超有理由砍头事件
187	超有格调的死前留言事件
197	超敬业美女刑警蒙圈事件
209	超傲娇导致悬案事件
229	超名侦探对决事件
243	超奇怪裸体自杀事件
259	某人正传4——再见

超本格杀人事件

林先生走在路上,林先生很不开心。

他不开心的原因有两点。第一,家里的老婆太讨厌了,他急着想见情人,在那里温存一番,可是他的儿子现在跟着他。第二,他的儿子跟得很紧,怎么甩都甩不开。第三,他的算数不太好。

按理说,儿子已经二十岁了,为什么父亲上街他还要紧紧地跟着呢?林先生认定这是他妈妈指使的,这是一种监视。儿子非常喜欢看推理小说,想来对监视很有一套。

果然跟得好紧!

"给我下来,这么大的人了还要我背?"林先生终于忍不住怒道。

儿子振振有词。"我是安乐椅神探①,我的行动力为零,所以你要背着我。"

林先生一想,确实无从反驳,只好继续背着儿子往前走。

安乐椅神探——哪里学来的新名词,世界上怎么可能有安乐椅神探。林先生一边负重前行一边在心里埋怨,我的生活怎么会变成这个样子。都怪家人缠着我,总有一天,我要用菜刀把家里人都砍死!

"总有一天,我要用菜刀把家里人都砍死!"

回荡在内心的这句话,林先生居然真切地听到了。

不知何时,眼前出现了一个白头发的老妇人,眼珠子漆黑且深邃,仿佛小鸡角②的眼睛,看久了就像要被吸进去一样。话就是她说的。

---

①安乐椅神探,推理小说中的一种神探类型。这类人不用出门奔波取证,只需坐在安乐椅中看看报纸听听口述便能破案。
②小鸡角是一种玩偶,市面上没有卖。——作者注。

"你是这么想的吧?"老妇人问道。

"你怎么知道的……不,你怎么乱说呢!"

老妇人笑了,然后跟林先生背上的儿子说:"要当心有血光之灾啊……不过没关系,只要十块钱,我就能……"

没等老妇人说完,儿子就"蹭"的一声从林先生背上跳了下来。留下一句"我去跟妈说",就一溜烟跑了。

说什么啊喂!

林先生呆站了一会儿,发现儿子没了,老妇人也没了。他耸耸肩,往情人家方向走去。这一切虽莫名其妙,但也正合他意。

——真倒霉,情人不在家。这就不合他意了。

先是怒火无处发泄,现在是欲火无处发泄,再这样下去,我真的会拿菜刀砍人的吧,他气呼呼地往家里走。

打开自己家的房门,他就闻到一丝血腥味。走进一看,儿子侧躺在客厅的地板上,胸口插了把菜刀。他的右手食指向前伸出,在地板上用血写了一个"木"字。

一声尖叫。

老婆出现了。她披头散发,衣服上也有血迹,一脸恐慌地指着林先生,喊道:"凶手!"

落魄男子叙述完毕,对面前的撸撸姐和她的助手说:"怎么样,这桩案子很奇怪吧?"

助手点点头,想了一会儿,然后说:"不奇怪啊,是林先生杀的嘛。"

撸撸姐说:"笨蛋!案发时林先生在外面啊,你有没有听人讲话!"

"哦，对对对，真是太奇怪了，怎么就这么奇怪呢！"助手一拍手，恍然大悟。

男子盯着撸撸姐说："大家都说你没有底线——不对，是没有破不了的案件，那你有什么头绪吗？"

撸撸姐沉思了一会儿，然后说："我知道了！"

两人屏息凝神，听最终的解答。

撸撸姐指着眼前的男子，大声说："你，就是林先生！"

林先生双腿一软，膝盖差点儿不听话地跪下了。"我刚刚介绍过了，我姓林，我要说的就是我的故事。"

"哦，这样啊，我忘了。"撸撸姐满脸不在乎。

"那你知道杀我儿子的凶手是谁吗？还有那个给我提出警告的老妇人到底是什么来头呢？"

撸撸姐说："先别急，线索还没有给齐。你先告诉我这些涉案人员后来分别怎么样了。"

林先生说："嗯，我的儿子，小林，死了。"

"这他妈不是废话吗！"撸撸姐很不耐烦地打了助手的头一下。

"撸撸姐你干吗打我啊？"

"你开什么玩笑，这位林先生是一个杀人犯，我敢打他吗？万一我也被他捅了怎么办！"

林先生真的跪下了。"撸撸姐，我是清白的啊……你们两个都没在听吗？"

"听呢听呢，你继续说吧。对，你儿子死了，其他人呢？"

"我的老婆可能是受打击太大，当时就疯了，后来在精神病院里自杀了。"

助手插嘴道："好的，所以林先生您这次来，是想要我们调查您的妻子是不是真的自杀，对吗？"

"你这个南瓜脑子①，现在说的是他儿子的事情。"撸撸姐对她助手的智商非常担忧。

"因为我被妻子指控为杀人凶手，而能够证明我当时在外面的儿子已经死了，那个老妇人也找不到了。我接受了警察的询问——其实他们根本没问我，直接把我关进了监狱，这一关就是好几年。没有别的嫌疑人了，而且儿子临死前留下死亡留言，警察说是一个未写完的'林'字，所以……"

"那你的情人呢？"

"我都是杀人犯了，我情人……还能怎么样，那天之后我们再也没有联系过。"

撸撸姐伸了个懒腰。"好了，现在线索齐全了，助手，你来推理吧。"

助手说："喂，什么情况啊！我不是助手吗，你才是侦探呀。"

"你外行啊，总要先让助手说个伪解答什么的，难道一上来就让侦探破案吗？那你别出场了好不好？"

助手得意扬扬地说："嗨嗨嗨嗨嗨，你要是让我推理，那我就直接说出真相啦！这个案件的神秘之处就在于那个老妇人！老妇人为何会说出未卜先知的话？这到底是怎么回事？依我看，只有两种可能！"

"哦？"撸撸姐和林先生都去洗了洗耳朵，然后端坐着听助手发言。

"第一种可能：老妇人随口编的！第二种可能：老妇人不是随口编的！"

"这说的不是废话吗！"撸撸姐一脚踹过去，助手顿时流出了鼻血。

---

① "诸君，世界有如南瓜，空空如也。"——出自樱庭一树《为青年设立的读书俱乐部》一书中一个奇妙比喻。

"抱歉,林先生,我是不是太粗鲁了?"

林先生非常体谅地说:"没有、没有,其实我也看过侦探小说,你一定是硬汉派①的吧?"

助手捂住鼻子。"你继续听我说嘛。第一种可能,老妇人随口编的,她可能得到了什么神的启示,言中了一起杀人案,这太超自然了。第二种可能,老妇人不是随口编的,那就是凶手告诉她要这么说,然后去杀人,以增加神秘感。"

"很好,那你说,凶手是谁?"

"是林夫人。"

"动机呢?"

"因为她疯了,哇哈哈哈哈哈哈。啊……先把你的脚从我脸上挪开。"

撸撸姐真的不再踩踏助手了,而是露出了小女孩般明媚的笑容,说:"好了,该侦探出马了,其实——还有第三种可能!"

林先生又去洗了洗耳朵,助手也去洗了洗耳朵,还有鼻子,还有脸上的血。

"第三种可能性就是……"

"什么?"

"什么?"

"老妇人瞎编的!"

助手哭了。"天哪,这不就是第一种可能吗。"

林先生也紧了紧衣服,说:"笑点在哪里?"

撸撸姐哼哼笑了两声,说:"但这种瞎编,不是什么所谓的神的启

---

①硬汉派,一种侦探小说流派,侦探虽然都宿醉、泡吧、打人、抽烟、有前妻,但都是好侦探。

示，而是彻彻底底的瞎编！"

"什么意思？"

"这个老妇人的话完全没有意义，就是一个街头神棍为了招揽生意胡说八道而已。"

"但是她说中了啊，她是怎么知道这起案件的？"

"她没有说中。在她说话的时候还没有任何事情发生，但是**她的话影响了在场的某一个人**，让他决定将计就计，完成一个带着神秘色彩的奇案。"

"这么说来，有人听到了老妇人的话，于是去林先生家里，犯下了杀人罪行？在场的只有林先生父子，死者是小林，那凶手……果然还是你，林先生！"

林先生惊恐万分。"别这样，又绕回来了啊，撸撸姐你别乱说了！"

撸撸姐一脸镇定。"没错，凶手就是林先生。但不是眼前的这位，而是已经死去的小林先生！"

"什么，自杀？太没道德了，这什么烂诡计，作者没才华啊！"

"不，不是自杀。是他杀。"

助手再也说不出话了，他闭着眼睛，双手抱头，有几缕白烟从他的指缝中飘出。

林先生也完全傻了，嘴巴张着说不出话。

"是这样的，林先生说过，他儿子是个推理迷，平常爱以'安乐椅神探'自居，这种本格迷，是非常渴望一起有神秘色彩的恶性事件的。当他在父亲的背上，听到老妇人说'你会用菜刀杀你的家人'时，一个诡计在他的脑子里形成了——那就是他要回家杀了母亲，这样，老妇人的'预言'就会成真，他父亲就是凶手，一切都很神秘、很完美。但他到底是个涉世未深的孩子，这里面的诸多漏洞他完全没有考虑。

就算他真的杀了自己的母亲，我相信，他也很快就会被抓起来吧。

"但是，事情往出乎意料的方向发展了，他没能杀死自己的母亲，反而被防卫过当的母亲杀了！他的母亲因为受不了这个打击，杀完孩子之后说了一声'我要疯啦'，然后就真的疯了。等林先生回家的时候，因为丈夫搞外遇而产生的积怨最终化成了一句充满愤恨的'你是凶手！'，当然，她已经疯了，完全不记得孩子是自己杀的，可能真的认为林先生是凶手吧。"

"原来是本格迷杀人未遂反被杀的家庭伦理剧啊！那小林的死亡留言到底是什么意思呢，那个'木'，不是未写完的'林'吗？"

"那是未写完的'本格'。"撸撸姐微微叹了口气，但是没有人听到。

超速消失事件

从认识到如今结婚二十年，他从来没和老婆吵过架。他曾经向朋友们透露，不吵是因为吵不过。不过明眼人一看就知道——

他说得对。

据说他老婆年轻的时候还是个风云人物，而他，一直都是一个默默无闻的陪衬。这种阴盛阳衰的搭配，其实也很和谐。

而这一天，他却和老婆吵架了。起因非常简单，因为他老婆想要吵架。

"好无聊啊，我们吵架吧。我假装生气哦，我现在要离家出走了！"

老婆说完这句话，就走出了家门。

他愣了足足有一分钟，才恍然大悟。夺门而出时，发现老婆已经坐进了一辆出租车。他马上也钻进自己的汽车。

于是两辆汽车在街上追逐。

出租车车速超过了每小时一百公里，他也只好用同等速度来跟随。出租车闯了红灯，他也只好闯红灯来跟随。出租车进了一个隧道，他也呼啸着驶进了隧道。

然后，他发现，他紧紧跟随的那辆出租车——并不在隧道里。他把油门直踩到底，如一阵风般掠出了隧道。

当时艳阳高照，马路宽敞，能见度极高，但是他目力所及，却没看见那辆出租车。

委托人说完这番话，喝了口水润了润喉咙，然后说："怎么样，很离奇吧？"

助手不住点头。"是呀、是呀，好离奇、好离奇。"

撸撸姐叹了口气，说："这案子很简单，我一句话就能戳破三十七个谜团[①]。"

助手提醒道："可是这只有一个谜团啊。"

撸撸姐并没有理睬他，自顾自地说起了解答。"谜底就是……你开得太慢，被甩掉了！"

委托人如被落雷劈中，脸上露出感动的神情。"天哪！我怎么没有想到！这真是一个盲点啊！"然后起身告辞，嘴里不断说着谢谢。

两分钟之后委托人又回来了，很不好意思地开口道："撸撸姐，这不对啊……你看，你看，月亮的脸偷偷地在改变……不对，你看，你看，从出租车进隧道，到我进隧道，中间间隔大约只有五秒，那辆出租车是很普通的汽车，最高时速就算他每小时两百公里，那么五秒钟最多能开不到三百米，且是在他从普通速度瞬间提升到每小时两百公里的前提下。这显然是不可能的，三百米，我觉得我也是能看见的。你看，我的视力左眼是二点零，右眼二点零，加起来有四——"

"行了、行了！"撸撸姐不耐烦地打断他，"你是白痴吗？这么简单的算术题我不会做吗？刚刚那个只是一种可能性好吗！我还没说完呢你就谢谢，怪我咯？你是想打架吗？"说着挽起了袖子。

委托人连忙摆手。"没有、没有，对不起、对不起。"然后凑上去把撸撸姐的袖子又放好。

撸撸姐说："接下来，才是真正的案情分析！来，助手，你来解答吧！"

"什么？又是我吗？我怕我的解答太烂了被你骂啊。"

[①] 出自三津田信三《首无作祟之物》，里面说"一句话戳破三十七个谜团"。

"你就放心吧，不烂我也会骂的。"

"那我就放心了。"助手松了一口气，然后开始正式地发表演说。

"解答不外乎三种可能性：第一，车子有问题；第二，隧道有问题；第三，你有问题……哎呀好痛，谁打我！好了，我们先说第一种可能性，车子有问题，简言之，进隧道前和进隧道后，车子的外观发生了改变！比如隧道里是红色的灯光，那么车子原来的颜色就发生了改变，你一看，哎呀，没有原来那个颜色的车了是怎么回事，于是全速前进，却不知超过了出租车。所以你出了隧道，放眼望去，却看不到那辆车。很合理吧？隧道里的灯光肯定是红色的，对不对？"

"很可惜，是白色的。"

"是的，在白色灯光的照射下，车子的颜色发生了改变——好的，撸撸姐你别动手，我现在开始说第二个解答……

"现在我们知道是白色灯光，所以汽车的颜色不会发生改变，那么是不是汽车的外形发生了改变？进入隧道以后，出租车与其他车辆发生碰撞，导致变形，所以，这位先生才会认不出来！"

委托人哭了，说："撸撸姐，怪不得你不收费，原来在知道真相前，还要听这个白痴的长篇大论啊！"

助手急了。"你说什么？白痴？撸撸姐，你给评评理，我是白痴吗？"

撸撸姐说："太过分了，你怎么会是白痴呢？不用理他，你继续说下去吧，笨蛋。"

于是助手得意扬扬地继续发言。"我知道啦！出租车进入隧道后，马上开进了一个大货车的集装箱里面，所以看不到了！"

撸撸姐微笑着说："你怎么不说是你走在隧道里，出租车开到你的脑袋里去了呢？"

助手捧着自己的脑袋。"什么？我的脑袋有那么大吗？"

委托人都听不下去了。"喂，这不是大不大的问题，而是空不空的问题吧。"

"嗨嗨嗨嗨嗨。"助手突然间发出了一个很奇怪的声音，"我算是知道了！这辆出租车，不是一辆普通的出租车，而是一个——变形金刚！"

"你怎么不去死啊！"撸撸姐终于忍不住了，"这里哪有变形金刚啊！你还不如说那辆车不是车，而是一架飞机，它进入隧道之后飞起来了呢！"

"对对对对，还是你厉害，对对，是飞机。它在进入隧道前一直在助跑阶段。"

"你这个脑子不用助跑都能飞起来吧。"撸撸姐说着转向委托人，"不好意思，我的脾气不太好。我是大家喜闻乐见的硬汉派安乐椅神探。"

"其实就是个宅在家的喷子吧……"助手喃喃地说。

"没关系、没关系，我早就习惯了。"委托人一脸理解的表情，"是这样的，我老婆呢，真的是随手拦了辆出租车，所以车子方面，应该是没什么问题的。"

"好的，让我们来分析第二种可能性。"助手又生龙活虎了，"第二种可能——隧道有问题！其实事情的经过是这样的，隧道里原本有一个大坑，出租车开进去，正好陷进了坑里，然后你进入隧道，当然看不到地面上的车啦。那你为什么没看到大坑呢？这个太简单了，简直环环相扣啊，因为，大坑被出租车填平了！"

一阵死寂。

终于，委托人打破了这尴尬的场面，他说："我们还是聊聊变形金刚的事吧。"

"好呀、好呀,我觉得它应该是变成了——"

"你还真聊啊!"撸撸姐打了助手一个耳光,"隧道没问题!直的,平的!你快点把最后一种可能性说完吧,已经写了很多字了好不好!"

"什么写了很多字了……"

"我在跟作者聊天!你不懂别问好吗?你快说吧!"

"好的、好的,排除了一切的可能性之后,最后剩下的可能不管多么离奇,都是真相!那么,真相就是——**你有问题!**"

委托人居然也不生气。"信不信我打死你?"

"哎呀,我的意思是说,你在刚进入隧道的时候,由于光线明暗突然转变,一下子不能适应,所以出现了暂时性失明。也就是说什么呢……也就是说,你不仅没看到你老婆所乘坐的出租车,其他的车子你也全都看不到!"

"这个解释很科学,只不过有一个小问题。"撸撸姐非常认真地发言。

"什么问题?"

"问题就是,你可以把你的脑袋摘下来,放飞到天上去吗?"撸撸姐站起来,伸了个懒腰,继续说,"好了,热身结束了,玩笑也开够了,该说出真解答了!"

两位听众非常期待地看着撸撸姐。

"刚刚助手说,这个案子不外乎三种可能,车子的问题,隧道的问题,还有人的问题。这里我想说的是,其实还有第四种可能!"

"什么?"

"什么?"

"第四种可能就是——隧道的问题!"

助手跪了。"又来了……这不还是第二种可能吗？"

"不！我还没有说完，我想说的第四种可能是——隧道的问题，加车的问题，再加人的问题！"

助手马上站了起来，又跪下去，又站了起来，跪下去，如此反复三遍。

"准确来说，是隧道有问题，然后引发了车的问题，最后导致了人的问题。"

这时候，委托人也加入了"扑通扑通"的行列。

撸撸姐扶住委托人，问道："你还记得这条隧道叫什么名字吗？"

"这我哪管得了这么多啊，我当时光顾盯着车了。隧道的名字很重要吗？"

撸撸姐说："非常重要，所有奇怪的事情，都是因为你进入了这条隧道而发生的。正是因为你进入了这条隧道，那辆出租车，还有你的车，才会发生如此大的改变！"

"什么改变？"

"速度的改变，简言之，它加速了，所以把你给甩掉了！"

助手和委托人已经在磕头了。"不是一开始就讲过了吗，不现实啊，每小时两百公里的车速……"

"不，速度不是每小时两百公里，也不是每秒五十五米那么简单，而是每秒超过了三乘十的八次方米，你想想，五秒钟，它能甩你多远？"

"这、这是什么速度？"

"**光速**。是的，这条隧道的名字就是——时光隧道！你老婆所乘坐的出租车进入了时光隧道，穿越了！"

助手非常难受地说："对不起，撸撸姐，一定是我把你传染傻了。"

这时委托人突然哈哈大笑起来。"不愧是撸撸姐啊,居然连超自然的案件都能破解吗?你是怎么想到的?"

撸撸姐平静地说:"很简单,因为……你和我的助手,简直长得一模一样,只不过你有点老,你们的行为、智商也如出一辙。我见到你的第一反应就是,这家伙不就是助手未来的样子吗?"

助手仔细打量着委托人。"什么!你是未来的我?为什么有这种神展开!所以你……穿越过来也不找老婆了,就想跟年轻的自己玩玩?太可恶了!等我以后穿越回来了,也要这么做!……对了,你说,你老婆……你能告诉我,我未来的老婆是谁吗?"

委托人没有回答,而是静静地看着撸撸姐,眼睛里闪着光芒,完全把过去的自己晾在了一边。

超纯洁初恋失踪事件 ———

婚礼前两天,他坐立与寝食皆难安。倒不是因为他有恐婚症,他老婆都不怕,整天红光满面的,作为一个男人,又有什么好恐婚的呢。

问题在于,他的心里始终放不下初恋。虽然那已经是二十多年前、发生在小学里的事情,虽然这位所谓的初恋女友到最后连嘴都没亲一下,虽然这段初恋只纯纯地维持了半年就因毕业而结束了,虽然他之后交过好几个女朋友,早已阅尽人间百味——但就要为人夫的他,今天却突然想起了记忆中那个娇小的女生。她瘦弱的身型、短短的头发、清澈的眼睛,以及那越无邪他就爱得越明显的笑容。

心里有了一个人,怎么可以和别人结婚?他自诩是个雷厉风行、活在当下的男人,于是马上出发回到小学,打听初恋女友的消息。

他找到了小学的老师(注意,这里的老,是指年龄上的老),但是每一个老师都摇头说没听说过这个人。也对,毕竟过去二十多年了,同桌都早已忘了猜不出问题的她,更何况老师。

他又去翻学校花名册,然而那一年的毕业名册上也没有记忆中那个熟悉的名字。

他开始慌了,当初年纪比较小,他们俩谈恋爱的事并没有别的朋友知道。对了,还有网络,他输入初恋的名字,搜索结果有几十万条,但是没有一条是他想找的。

难道这个初恋女友,只存在于自己深深的脑海里?他没了主意。

委托人几乎是哭着说完这段感人肺腑、催人泪下、文艺腔十足的故事的,最后,她的总结陈词是:"我的老公,呜呜呜呜,说找不到她，就先不和我结婚了啦，呜呜呜呜。"

助手首先发现了疑点。"可是，你们还没有结婚，他还不是你老公啊。"

这下委托人哭得更凶了。

撸撸姐扇了助手一个巴掌，怒喝道："你给我闭嘴！小女生的心现在正脆弱，你干吗要刺激她！"接着马上转为温柔的语调，对着委托人说，"没关系的哦，天涯何处无芳草嘛，来，你看咱们这里呀，有好多对象可以介绍给你呢，各种款式各种型号各种价位的都有……"

助手两只手护住腮帮子，提醒道："可是撸撸姐，咱们这里不是婚介所，是侦探事务所呀……"

撸撸姐突然正襟危坐起来。"对呀，差点儿被你搞糊涂了，我们这里是婚介所，不是侦探事务所呀小姐！"

助手也抽泣了起来。"撸撸姐你说反了啦。"

又是一个耳光。"她哭得这么凶，你不提醒谁会注意啊，连我自己都没注意好吗！"

"你自己说的你当然没——"

"撸撸姐，我想请你帮我老公找到他的初恋！"

委托人的语气突然变得坚定，气氛也随之凝重起来。

撸撸姐和善地说："你就不怕……"

"不！我不怕！不管我老公最后选择的是谁，我都不怕！"

撸撸姐说："其实……我的意思是，你就不怕连我也找不出来吗？"

委托人睁大了眼睛。"怎么可能！据说就连消失在时光隧道里的真相，撸撸姐都能发现。区区二十年前的一个活人，又怎么可能找不到呢？"

"哈哈哈哈，果然慧眼如炬啊小姐，那你就简单描述一下那位初恋吧。"

"她是我老公在小学毕业前半年认识的，据说是隔壁班的，瘦瘦小小，梳着干净利落的短发，总之是个柔弱的小女生啦。他们每天放学都一起回家，聊聊天，在一个十字路口分开，据说连牵手都只牵过两三次。后来小学毕业了就没再联络了。真是太纯洁了……"

"我知道啦！"撸撸姐头上突然闪现出一个灯泡，"**她转学了。**呵呵呵呵呵呵。"

看着委托人一脸迷茫的样子，撸撸姐也觉得自己的造势很无趣。"看来这位小姐不是个阿宅呢，没有被戳到笑点。好吧，那么，我们严肃一点，助手，你来解答吧！"

助手其实早就跃跃欲试了，他心里已经想好了几种解答。只见他清了清喉咙，开口道："其实这个事件呢，不外乎两种可能性。第一，有这个女孩子；第二，没有这个女孩子。好的，我先来说第一……咦，撸撸姐你拿着榔头想干吗？"

"我要固定桌角，你继续。"

"为什么这时候突然要固定桌角？"

"防止掀桌。"

"喂，我的解答没有那么烂啦！"助手气得直跺脚，几乎要流下委屈的泪水，不过他很坚强，见惯了这种大场面，马上就自顾自地说起来。"首先第一种，有这个女朋友，但是这个学校不承认有这个人，为什么？因为不吉利，为什么不吉利？很简单，因为她死了。小学就要毕业，马上要进入更复杂的中学了，真是想想就可怕，所以她吃了安眠药，然后剖腹跳楼自杀了！"

"太复杂了吧，你索性说够八百万种死法啊。"撸撸姐说，"一个无忧无虑的小学生干吗要自杀啊?"

"对,不是自杀,那就是平淡安静地——病死!这个小姑娘得了白血病!"

"你脑子有白血病吧,这种病要化疗的好不好。得了这么严重的病,家长还让她上学?"

"对,不是病,那就是平淡安静地——老死!她其实不是小姑娘,而是老太婆!瘦弱娇小的不只是小学生,还有老人!"

"我真想在樱树发芽的季节抽你一顿……小学生会和一个老太婆谈恋爱啊,而且是就要老死了还没有一点皱纹、会被人误认成小学生的老人。那请你务必把她找出来,告诉我保养秘诀!"

助手突然击掌。"有了!那个小姑娘没事,但是学校的记录被篡改了!目的是为了不让人找到那个小姑娘,会做这种事的人,就是你——委托人,你故意让你老公找不到初恋。"

撸撸姐忍不住鼓掌了。"真是精彩的推理啊,但是请你告诉我,她为什么现在又要来委托我找什么初恋!"

助手松了口气。"哎呀,还好桌角被固定住了呢。"

撸撸姐一拍桌子。"快继续你的八嘎推理吧!"

助手说:"什么,你怎么知道我准备了八个推理。接下来,我要说的是第二种可能性:压根儿就没有这个初恋!那和老公一起回家的小姑娘又是谁呢?"

"啪!"委托人也打了助手一个耳光,"谁让你叫他老公的!"然后又羞怯地转向撸撸姐,"对不起,打了你的助手,不要紧吧?"

撸撸姐很大方。"快别这么说,就当我请客,就当我请客。"

助手好像根本没被打过一样,岿然不动地说:"真相就是……你老公他人格分裂!"

委托人和颜悦色地说:"当心我把你打成整个人都分裂!我老公一直什么病都没有,难道就恰恰在那半年人格分裂了吗?现在又正常得跟狗似的。"

撸撸姐喃喃道:"这么比喻似乎有点怪啊……"

助手说:"如果不是你老公的问题,那就是那个女孩的问题。其实,那个女孩是别人假扮的,一人分饰两角!平时是普通同学,悄悄暗恋你老公,总也鼓不起勇气来,因为太纯洁了嘛,所以放学后稍微化了一下妆,变身你老公的女朋友,和他一起回家,享受这短暂的幸福。"

委托人说:"所以,你的诡计一定要搞得这么复杂吗?"

助手顿时瘫坐在地。"唔,被戳穿了。就是因为脑子不好使,所以只能想复杂的诡计嘛,怎么说也是本格的良心啊。"

撸撸姐好心地扶起助手。"没关系,你这次的解答比起之前几次进步很多了,你看,我都没掀桌。"

助手说:"那是因为你把桌角固定了呀。"

撸撸姐说:"你看你,果然进步了。"接着撸撸姐长舒一口气,"好了,挑战读者的部分结束了,接下来就是揭晓真相的时刻啦。"

委托人四处张望。"哪儿有挑战读者的部分呢?"

助手体贴地解释道:"你听错啦,是调侃读者……"

"如助手所说,这件事情不外乎两种可能:第一,有女朋友。第二,没有女朋友。这里,我要说,其实还有第三种可能!"

"什么?"委托人非常好奇。

"难道又是……"助手仿佛已经大彻大悟。

"第三种可能就是……没有女朋友!"

委托人一时无法接受,眼泪差点儿又要夺眶而出。

助手则是一副了然于胸、理解万岁的样子。

撸撸姐很严肃地说:"你们不要以为我在开玩笑,你老公确实没有初恋女友,但是,他有**初恋男友**!"

"什么?!"委托人的表情像是生吞了一个鸡蛋。

助手则是一副病恹恹的表情,好像他就是那个被生吞的鸡蛋。

"据描述,那个所谓的初恋女友是一副很瘦小的样子、弱弱的、短发、眼眸清澈,这些特征可以是一个清秀的女生,也可以是一个清秀的男生!反正上小学时女孩子的性征还没有显露,男女生穿上衣服其实没多大差别。如果那个男生长得白净一点,声音细一点,就完全没差别了!而你老公只和他牵过两三次手,没有进一步的身体接触,那么纯洁的距离,完全有可能分辨不出男女。"

委托人举手示意。"是有这个可能,但是这里有一个问题。就算那个初恋看不出性别,是个男生,可他为什么会和我老公……"

"因为他喜欢男性啊!但那个时候,连异性恋都不好意思,更何况……所以他只能把这个秘密埋在心里,用了一个女性的化名去接近你老公。是的,确实是短暂的幸福,因为这种事情瞒不了太久,上了中学,男生就要长喉结、长胡子、变声了吧……"

委托人露出了寂寞的笑容。"如果把这个真相告诉我老公,对我来说倒是好事。但对我老公来说,他会不会很失望呢……"

"这个难题就要由你来解决了,我只负责破解谜团。"

撸撸姐做出了送客的手势。

超监视偷窃事件

这一天，老王如往常一样工作。

虽说是工作，其实也就是坐着，面前摊开一张报纸，沏上一杯茶，偶尔再跟着收音机里的咿呀声摇头晃脑一番。一天就这么过去了。

——不，老王不是公务员，他比公务员还轻松，他是看门的。

已经步入老年的老王，身体方面自然是有一堆毛病：反应有点慢，耳朵又有点聋。能找到看门这种既高尚又轻松的职业，实在是托了儿子的福。

儿子的工厂有一个仓库，仓库里放的是一些资料。这些资料有多重要，老王并不清楚，反正他只需一整天坐在门卫室里，记录下进出的人员就行了。而一般也不太有人进出仓库。

上午八点，工厂的老板进来放了份资料，然后就出去开会了。此后相安无事。

下午五点，下班前，老板又来了。等老板拿回资料，老王就锁门，下班。平静的一天结束。

但是，老板在仓库里发出一声惨叫，打破了这一整天的平静。

老王记得当时老板是这么喊的。

"啊——"

"喂，惨叫就不用学啦！"助手捂住耳朵，显然是委托人叫得太大声了。

委托人调整情绪，表示抱歉。"对不起，我叫得太大声了，你们也知道，我是个老人，耳朵有点不太好使，一不小心就会喊得很大声。"

"嗯嗯，我能体谅。"助手点头道，"你看我呀，是脑子不太好使——"

撸撸姐狠狠地瞪了助手一眼。"这时候套什么近乎！人家事情还没说完呢。到底为什么惨叫？"

委托人马上露出一副很委屈的样子。"老板上午放进去的资料……不见了……但奇怪的是，那一天，只有老板一个人进出过仓库。除了上午八点和下午五点老板进出，没有其他人经过我眼前的大门。"

撸撸姐说："原来是这样。"

助手非常惊讶。"什么，你已经知道了吗，撸撸姐？"

撸撸姐说："是啊，事情很明显，老板肯定是冤枉这位委托人偷了他的资料，所以他才来找我破案。我说得对吗，委托人？"

委托人兴奋地说："太对了！严丝合缝、完美无瑕的推理啊！谢谢撸撸姐，那么我告辞了。"

助手扑通跪了下来，然后用膝盖"走"了几步，试图去抓住委托人的衣角。"老先生，请留步呀，我们还没破案呢……"

委托人怔了一下，一拍脑袋，哈哈大笑道："你看我，年纪大了，真的是有点转不过来了，我听这位侦探总结陈词般的口气，还以为破案了呢。太大意了、太大意了。呵呵，呵呵。"

助手嗓音沙哑地说："我能理解，我能理解……"

撸撸姐这时突然严肃了起来。"好，既然事件已经交代清楚了，那么，让我们来破案吧！我先来一首定场诗，有道是：垃圾碰垃圾，看谁智商低，资料不见了，到底在哪里？好的，垃圾……不，助手，就先由你来提出伪解答吧！"

委托人小声地问："撸撸姐，都知道是伪解答了，为什么还要听呢？"

撸撸姐愤怒地拍了一下桌子。"请本格推理的门外汉不要再吵了，专心听伪解答吧！"

助手很自豪地清了清喉咙，并且不自觉地把手按在了桌子上，突然想起在上一案里桌角已经被固定住了，于是又把手移开。这下，他完全放心地开口了。"这起偷窃案件非常简单，只有两种可能性……"

撸撸姐捏紧了拳头。"别卖萌！好好说！"

"好的，只有两种可能性……喂，你为什么又瞪我，这次我好好说了啊！"

撸撸姐面不改色。"我听错了。"

助手忍不住"噗"了一声。

"敢笑我！"终于撸撸姐忍不住招呼了上去，助手被**打翻在地**。

委托人都看不下去了，关心地问："撸撸姐你为什么要用手打呢，我这儿有铁莲花……"

"那是什么东西啊！"撸撸姐惊呼。

"是一种——"

助手一听委托人真的开始介绍了，马上打断他的话头。"别扯开话题呀，撸撸姐我要破案啊！听好啦，这个事件呢，不外乎两种可能性……你看我换了一种说法，你抓不到我的把柄了，yo没yo？"

委托人显然是受够了，朝助手一脚踹去，不料踹到了桌子，桌角的螺丝经受不住这么大的冲击，桌子翻了。

撸撸姐叹了口气，仿佛看开了似的淡淡地说了句："靠。"

一阵混乱之后，助手继续解答。"第一种可能，有人进去了。第二种可能，资料出去了。"

委托人提醒道："好像很本格的样子嘛，不过难道你不觉得，这是老板自导自演更合理一点吗？"

助手摇了摇食指。"NONONONO……这种解答太简单了，读者才不要看呢。"

委托人想了想，说："也对，你接着说。"

"第一种，有人进去了，但是你没看见，为什么？因为……你大意了！"

委托人直直地看着正前方，很冷静地说道："铁莲花呢，是一种——"

"喂你干吗又介绍起来了！我说你大意不是说你疏忽了，而是另外一种意思。人们常说，睡意指的是想睡觉，尿意指的是想尿尿，那么，大意，我这里指的是你……想大便。"

"说人话！"

"就是你去上厕所的时候，有人溜进去把资料拿走了。"

看似完美无缺的推理，委托人却提出了反驳的意见。"那天上班时我没上过大号，小便最多三十秒，时间太短，不可能作案。"

助手说："是吗？那你应该多吃点香蕉，酸奶——"

"喂，你的脑子才很有大意吧。赶紧解答啊，灌什么水啊，真把自己当新本格导师了？"

"好的，还有一种可能，有人进去了，但是你没注意，因为……那是清洁工。超经典的隐形人诡计出现了！"

"是抄经典吧……"

委托人很不给大家面子。"不，仓库没有清洁工。"

"那就是贼从地道进去了。"

撸撸姐柳眉一竖。"所以这个仓库其实是中村青司[①]建造的吗！"

[①]中村青司：一个神秘且厉害的建筑家，出自绫辻行人"馆系列"，他所设计的建筑总是带有各种地道。

"哎呀，撸撸姐别生气嘛，第一种可能性走不通，那就是第二种可能性啦！"助手依然自信满满，"第二种可能，资料出去了。为什么资料会自己出去呢？因为，其实'资料'是一个人的名字……"

一阵死寂。

"啪！"为了缓解尴尬，助手自己打了自己的嘴巴一下，然后又跟没事人一样说道，"其实呢，这是一个动房子诡计。那一天，有直升机过来，把仓库顶吊起来，然后把资料拿走了……"

委托人不愧是老人，比较沉稳，很有耐心地说："那我为什么没听到直升机的声音呢？"

"哼，因为你一开始就说了，你年纪大了，耳朵有点聋。"

撸撸姐显然对这个解答很满意，她开心地拍了一下助手的脸。不料劲使得太大，助手居然就这么被打死了。

撸撸姐沉默了半天。

委托人也沉默了半天。

半天后，委托人打破了宁静，他说："你的助手怎么不推理了？"

撸撸姐说："因为他被我打死了。"

委托人的脸上浮现出茫然不知所措的表情。

撸撸姐的脸上却露出狡猾的笑。"你不知道助手被我打死了吧？就像你不知道有人进去偷了资料一样，因为……你是盲人。"

委托人脸部的肌肉一抖，想说什么，却没说出来。

"你确实年纪比较大，但不是耳朵有点聋、反应有点慢。相反，你的耳朵非常灵敏，反应也很快，唯一的缺陷是，你是个盲人。但盲人是不能做门卫工作的，于是你和你的儿子隐瞒了这一点。反正你光靠听觉也能正常生活，就是有时候反应有点慢而已。老板果然没有发觉，以为你只是个有点迟钝的老人，所以你顺利地当上了门卫。"

老人没有说话。

"大自然的各种声音都有其特征，包括人的脚步声也各不相同。通过练习，加上一些天赋，任何人都能准确地辨别出来，就和通过专业设备分辨指纹一样明确。老板进仓库，你能听出来，别人进仓库，你也能听出来。但是，如果窃贼把鞋子脱了，蹑手蹑脚地走动，即便在大白天，就在你眼前五米处，你也不会发现！而知道你是盲人，从而能利用这一点来偷资料的，只有一个人，那就是你的儿子。推理完毕。"

"你……你是什么时候发现的？"

"你一直直地看着前方，而且你想踹助手时却踹到了桌子……种种迹象都让我产生了怀疑。所以我故意打死了助手，以此来试探你。"

"你、你的助手真的死了？为了一个实验，有必要牺牲一条人命吗？"

撸撸姐莞尔一笑，道："哈哈，其实这根本不是实验，我逗你玩呢。从一开始我就知道你看不见，因为助手根本就不在这间屋子里。"

"什么！"

"这间屋子里，自始至终只有**你我**二人。"

"那助手的声音……"

"我正在和他视频聊天呢。所以你看为什么之前我很早就扇他耳光了，这次却只是瞪着他或者握紧拳头，却没扇耳光？为什么助手的声音有些沙哑？为什么助手想要留住你却只能**试图**抓住你的衣角？为什么你听力这么好，踹助手时却踹到了桌子？因为助手在桌子上的电脑里。我当时是因为心疼电脑而爆了一句粗话，如果是踹到桌子或者助手，我才不会心疼呢。不过后来我实在忍不住了，就打了一下电脑，打得太用力，电脑坏了。于是，结束。"

委托人苍老的脸上流下泪来，喃喃说着"有点坑爹啊"。

也不知道他说的是他儿子，还是撸撸姐。

超短时间烂掉了事件 ────

这家店叫"小四川",虽然听名字像饭馆,但其实是一家棋牌室。

今天和往常一样,客人不多不少,老板娘一个人镇守在店内就完全能应付过来。这不,她坐在柜台前,拿着手机刷一个名为"超本格推理"的公众号,笑到不行。(谁能想到作者都把广告打到了书里?)

老板娘夫妇是发小。两人学习都不好,早年一起来到这座大城市打拼,靠双手积攒了一点辛苦钱,开了这家棋牌室。如今小日子过得也算悠闲。

平时都是夫妇俩一起看店,但昨天男主人淋了从天而降的黑雨,生了病,正在恢复。

老板娘倒也没太在意,反正工作轻松,一个人看店还是两个人看店也没什么区别。

吃过午饭,几个客人勾肩搭背地进来了——很奇怪,这么热的天,为什么还要勾肩搭背呢。老板娘虽然疑惑,但也不多管闲事,为他们开了三号包房,就又坐回前台刷手机了。

这是今天的最后一批客人,接下来陆续有客人经过前台离开,却再也没有新客人进来。

临近傍晚,老板娘看着单子,自言自语地确认包房里的人数。"一号包房三个人,二号包房四个人,三号包房四个人。"

一共三个包房有人,这在工作日来说也算不错了。热心的老板娘照惯例去询问客人是否需要订晚餐。

"要,我们几个都要,谢谢!"一号包房里气氛不错。

"怎么可能不要,饿死了。当然要啦,这问的不是废话吗!烦死了!"二号包房估计有人输惨了。

——三号包房没人回答。

是中午最后一批到店的客人。老板娘推门进去,闻到一股酸臭味。

然后,她看到麻将桌边趴着四个人。

准确来说,是四具尸体。

更准确地说,是四具已经腐烂的尸体。

"我靠!"

听完委托人的叙述,助手兴奋地大叫起来。"好华丽的案情!密室!不可能犯罪!撸撸姐,这次不是什么初恋失踪,什么追汽车失踪,什么文件被偷这种文绉绉的案子啦!"

撸撸姐很淡定地说:"你怎么知道是密室?"

助手喊道:"什么,你没有看委托人带来的平面图吗?这家小棋牌室,所有包房里都只有门和排气扇两处出入口,连窗都没有。而成年人无法从排气扇穿过,如果要从棋牌室出去,只能走门。这样势必会经过老板娘看守的柜台。"

撸撸姐说:"所以很简单啊,凶手走出包房门,再经过老板娘看守的柜台,出去了。"

助手一拍脑袋。"对啊,我怎么没想到呢!这个真相太有爆点了啊!我去打五颗星……"

委托人马上明白过来,这个助手的脑子不正常。不过到底是做生意的,委托人非常沉得住气,好心地提醒道:"滚!"

助手委屈地看着撸撸姐。"你不是已经破案了吗?为什么人家还要凶我?"

撸撸姐敲了敲助手的脑袋——只听到一阵清脆的"咚咚"声。

"嗯，果然是空的。没错，凶手是可以出去，但为什么四具尸体在短短的一下午就腐烂了，这个你能解释吗？"

助手想了半天，终于明白这个案件的谜题是什么了。他的眼睛又闪耀起来，雀跃地说："我知道啦！既然案件当事人来求助了，我就好好展示一下我的推理能力吧！"

委托人这几天被警察烦得焦头烂额，棋牌室的生意也暂停了，这时候听到这番信心满满的话，不禁充满了期待。

"依我看，这起案件不外乎两种可能！第一，这四个人是那天下午死的，然后迅速腐烂。第二——"

"那四个人早就死了。"撸撸姐突然插话，"以后这种没意义的总结就别说了好吗？"

在展开名侦探推理秀的时候突然被抢了话头，助手一下子变得暴躁起来。"讨厌。"

委托人看不下去了。"喂，你个变态，废话不要讲了，快解答啊！"

"首先，我们来看看第一种可能——那四个人是下午死的！可为什么会腐烂得这么快呢？原因就是……那四个不是人，而是昆虫！所以很快就腐烂了！"

委托人问撸撸姐："我可以讲粗话吗？"

撸撸姐答："不可以。"

委托人说："砍脑壳的，算了。"

"喂，你还是说了啊！这是什么地方的粗话啊？"助手嚷嚷着，"刚刚那个是开玩笑的啦，接下来才是真格的哦。这四个确实是人没错，那为什么会腐烂呢？因为他们下午吃了棋牌室里腐烂的水果！"

委托人一个巴掌扇上去，还好撸撸姐眼疾手快，马上按住了助手，不让他躲开。

打完之后，委托人说："我店里的东西都很新鲜！"

撸撸姐气得又扇了助手一巴掌。"你这个委托人在想什么啊？难道你不是应该介意怎么可能有人吃了烂水果自己也烂掉了这件事吗？！"

助手的眼中噙满了泪水。"不，我可以解释的。因为这四个人太注重健康了，平时都不吃添加防腐剂的食物，所以他们的身体里没有防腐剂，就很容易腐烂……"

委托人这次克制住了自己，再一次礼貌地问撸撸姐："我可以讲粗话吗？"

撸撸姐说："可以了。"

委托人说："粗话。"说完舒了一口气，似乎心情好了一点。

助手不屈不挠。"好吧，如果不可能是当天腐烂的话，那就只剩下一种可能了——他们几天前就死了！"

撸撸姐这时候也松了一口气。"你知道吗，你前面讲的都是多余的，现在开始不要再浪费时间了！"

助手很开心。"好的，谢谢撸撸姐的鼓励。"

委托人发出哀号。"这也算鼓励？"

"那么，这四个几天前就死掉的人是怎么进去的呢？嘿嘿，还记得吗，老板娘说最后一批客人勾肩搭背，这么热的天怎么可能勾肩搭背，大中午的也不会喝醉，况且喝醉就不会来打牌了。所以答案就是——有人扶着尸体进来了！"

"但据老板娘说，当天下午一共有三个包房有人，一号包房里三个人，二号包房里四个人，三号包房里四个人，都是一批一批进来的，不可能有人搭着尸体进来啊。难道是四具尸体互相搀扶着进来的吗？"撸撸姐难得这么有耐心地回应助手。

助手好像早就料到撸撸姐会这么问,他兴奋地说道:"哈哈哈,这个我早就想到啦,真相就是:二号包房里的两个活人扶两具尸体,三号包房的两个活人扶两具尸体。全部送到三号包房,四个活人则在二号包房玩乐!怎么样,很合理吧?"

委托人都被这个解答感动了。"好像赠的解答啊!"

助手提醒道:"喂,你是想说真的解答吧,拜托普通话标准一点啊……"

撸撸姐突然打了个寒战,再开口时她的声音已不似往常那样活泼了。"这个解答看上去非常合理,但是,有一个矛盾点,细思恐极啊……"

"什么?"

"老板娘说,当天下午没有客人再进去,但一直有人出去!如果真相真如你所说,每个房间傍晚时的人数和中午时的人数一样,那下午出去的又是谁呢?"

委托人和助手一下子呆住了,他们可还没想得这么深。

"凶、凶手光明正大地出去了,但老板娘没看到凶手进去!"助手害怕地紧紧搂着自己,"助手真是高危职业,不是被打死,就是被吓死啊。"

撸撸姐这时候却笑了。"这算什么,你知道我经历过的最恐怖的事情是什么吗?"

助手紧闭着眼睛嚷道:"啊啊——我不想知道,但请你满足我的好奇心!"

"你看过一部叫《山村老尸》的电影吗?"

"看……看过……"

"就是我下载完这部片子,发现他妈的居然是山村美纱①老师的小说集!"

委托人是推理小说门外汉,显然不明白撸撸姐的点在哪里。

助手是推理小说的"门外汗",居然也无法理解撸撸姐的点。"撸撸姐,本来挺开心的,但每次听完你的笑话,就不禁悲从中来。"

撸撸姐说:"我只是想调节一下气氛。助手,你现在好点了吗,还能提出伪解答吗?"

助手有点不耐烦了。"可能是老板娘眼花了吧,其实下午根本没人出去……"

撸撸姐质疑道:"你知道什么叫眼花吗?"

助手呆呆地说:"不知道啊。"

撸撸姐一个耳光扇过去。"现在呢?"

助手转了两圈,然后说:"知道了。"

"喂!"委托人再也看不下去了,"别再打情骂俏了好吗,我的存在感呢?!"

撸撸姐深呼吸了一下,然后开口道:"好了,这个案件,我现在就来解决它!"

助手说:"等等,我还有一个伪解答……之前有一批人过来玩,在三号包房里不小心搞出了四条人命,当时凶手很慌,不知道该怎么办,于是先把尸体藏在了三号包房的某个角落,就离开了——老板没发现。几天之后,凶手又回到三号房,把已经腐烂的尸体拿了出来,这样,就制造了一起不可能案件。"

撸撸姐说:"你再这样自说自话下去,迟早会变成折原一②的!"

---

①山村美纱是谁,请读者自己上网搜索。——作者注。
②折原一,日本推理小说作家,擅长运用叙述性诡计和精神病人物。——作者注。

"唔……那你快公布真相吧……"助手害怕地说。显然他知错了。

"好的,我来还原一下当天的情景。很简单,几个凶手扶着四具腐烂了的尸体进了包房,然后把四具尸体放进包房后自己大摇大摆地走了出去。结案。"

两个人都听傻了。

"是不是和助手刚刚的某个推理一样?问题是人数,进去的是三加四加四个人,傍晚时是七人加四尸,那下午走出去的是谁?"

两个人傻乎乎地点头。

"还记得老板娘说的话吗——一号包房三个人,二号包房四个人,三号包房四个人——有没有觉得有点不自然?换了我,应该会这么说'一号包房三个人,二号和三号包房**都是**四个人'。同样是四个人,为什么要分开说?"

两个人仿佛看到一道闪电在眼前劈开。瞎了。

撸撸姐对助手说:"如果你仔细听委托人说话,会发现一个现象——**他从来没说过一个翘舌音的字!**在他说'赠的解答'的时候,你还说他普通话不标准,用奇怪的方言骂你的时候你也觉得奇怪。这些线索就从你眼前飘过,你却没有抓住!老板夫妇都是四川人,学习不好,普通话说得不好很正常。"

委托人喃喃道:"所、所以……我老婆她当天讲的……不四、四个人……而四……"

"是十个!"撸撸姐一脸严肃,"三号包房其实有十个人!包括六个活人和四具尸体,那六个人把四具尸体放到包房之后,在下午陆续离开了棋牌室,大摇大摆地从你老婆眼前经过。"

委托人哭丧着脸问:"那他们为色么要这么做?"

"砍脑壳的,关我什么事!"撸撸姐这话说得理所应当。

某人正传1——未见

他是一个很胆小的人。此刻他要去见一个对他来说很重要的人，这让他很紧张。

虽然认识很久了，但他从来没去过那个人家，这让他更加紧张了。

不过既然已经上路了，那就前进吧，不要回头。说不定，说不定……会有进一步发展！

为了锻炼胆量，他决定在路上抢劫一个人。

迎面走来一个弱小的女孩。

他上前挡住女孩的去路，凶巴巴地说："要钱还是要命？"

弱小的女孩都吓傻了，支支吾吾地说："要……要钱……"

他从兜里掏出一张五十块，塞到对方手里，威胁道："喏，给你，快、快滚啦！"

——第一次抢劫以失败告终，第一次去她家里，希望能成功。

"很、很高兴能来你家，那我先告辞了……"

女孩笑着把男孩按在沙发上，沙发上的毛绒玩偶都被弹了起来。

"告什么辞啊，你才刚来。我先给你倒杯水，然后慢慢玩。"

男孩陷在柔软的沙发里，被一群毛绒玩偶围着。不仅如此，客厅的茶几上、电视柜上，甚至地上，都散落着各式各样的玩具。他从来没见过这种阵仗。

原来女孩子的家，是这样的啊。

他拿起一个毛绒玩偶看了看，又放到一边。接过女孩递过来的水杯，紧张又期待地问："玩什么啊……"

"玩破案游戏吧!"

"破案游戏?"

"不知道你蠢不蠢……"

"我蠢!我太蠢了!"

男生急着证明自己,差点儿把杯子里的水泼到女孩的脸上。

女孩叹了口气,说:"我是说纯!ch-u-n,纯……如果你太纯的话,那么恐怕不会明白一个变态的心理。"

男孩一下子紧张起来,他放下杯子,用双手护住自己的胸部。"什么,你是变态?!你、你别过来啊……"

变态——不,女孩苦笑着说:"喂!我可不会对你有什么想法。"

听到这话,男孩的心里有点难受。

"不过有一句咒语叫'来都来了',不妨就跟你玩玩破案游戏吧。"

男孩正襟危坐,想着自己大展拳脚的机会终于来了,一定要好好破案,不让女孩失望。

"这是一个真实的故事。"女孩开口道,"我家隔壁住着一对年轻夫妇,男才女貌,很般配。一周前,丈夫出差去了,好几天都没回来。

"昨天晚上,我打算出门买宵夜,一开门,正好看到隔壁的妻子回家,我们互相点了点头。我随口问了一句'你老公什么时候回来啊',她说:'今天晚上就回来啦。'然后她打开门,进了家门。关门的时候我听到她冲着屋里说了一句'回来啦',心想她老公已经回来了啊,这时电梯到了。"

男孩出神地打着哈欠,注意到女孩说得差不多了,就自己扇了自己一个耳光,清醒之后,问:"嗯,后来呢?"

"后来警察来了,说有一架鹅航的飞机失事了,无人生还。而住在隔壁的那个老公,恰好就坐上了那架飞机。今天警察过来通知这一噩耗时,发现妻子看过早间新闻已得知了这一消息,受不了打击,疯了。"

"好啦,你的故事讲完了,我也可以回去啦。"男孩起身。

"喂,我讲完了谜题,可还没解开啊,你怎么急得跟狗似的!"女孩感到莫名其妙。

听到对方骂自己,男孩不高兴地嘟起嘴巴。"你怎么骂人啦,当心我咬你啊,汪!"

女孩看到男孩的蠢样,感到很失望。"算了,突然跟你说这么大的谜团,果然是太为难你了,毕竟现实中也没有私家侦探。"

男孩的口气突然严肃起来。"我说我要回去,是因为这个故事里根本不存在谜题!"

"什么?那你告诉我,明明老公晚上出事死了,压根没回家,老婆回去时是在跟谁说'你回来啦'。我知道你肯定会说,啊,因为老婆早就知道了,已经疯了,或者家里有情人之类的解答来糊弄吧,毕竟我一开始也这么想过。但这不可能,因为这条新闻是今早播出的,昨天晚上不会有人知道。而她也没有情人,我一直留意着住在隔壁的他们!"

男孩慢慢地说:"你想复杂了,昨天晚上她家没有人。"

"那她在跟谁说'回来啦'?"

"这句'回来啦'没有主语。是你自己理解为'你回来啦',其实她的真正意思可能是'**我回来啦!**'"

女孩愣住了。"那我还有一个问题。"

"爱过。"

"喂!你在想什么呢!我是想问,既然没有人,那她是跟谁说'我回来啦'?"

"如果你经常看日剧的话，会发现日本的家庭妇女每次回家都会说一句'我回来啦'，这是一种礼貌。昨天晚上，不，也许是每天晚上，你隔壁那个深爱着自己老公的妻子都会在进门后说这句话，已经是一种习惯了，只是昨晚恰好被你听到了而已。这种养成了习惯就很难改掉的人有一个毛病，就是对剧变的心理承受力很低，所以听到噩耗之后就发疯了。"

女孩不敢相信眼前的事实。"原来真的没有谜团……原来……你挺聪明的。"

男孩回想起刚才路上发生的"没有主语的抢劫游戏"，不禁笑了起来。"不是我聪明，而是我恰巧知道。"

然后，他看着眼前女孩的脸，想着：自己还是太蠢了，如果还有下次，一定要多想几个伪解答，这样就能在这里多玩一会儿了。

超不本格杀人事件

林先生走在路上,林先生这次更不开心,甚至可以说气愤。

本格推理界的三位大师来开读者见面会。此等盛举,吸引了众多的本格推理爱好者。林先生虽然不是推理爱好者,但也要去参加,因为他的儿子是超级本格迷。

一想到自己的儿子,林先生就来气。那小子潜心研究本格推理,最终走火入魔,把自己的命搭进去了!

——什么本格大师,推理界的良心,不过是一群荼毒人心的凶手罢了!我一定要去黑他们!不,还不够,我要当众揭穿他们的假面,让大家一起黑!

林先生愤愤地想着。

偏偏,这三位大师的粉丝超级多!这也不奇怪,因为不得不承认,他们在本格方面贡献良多。

其中被誉为"密室之王"的卡眼,一生善写密室推理。成名作《逆转死人》讲的是一个人被枪打中后,逃进了一个密室,又好端端地活了一个礼拜,最后才被饿死。

还有被誉为"侦探女王"的克里斯姐,这位大师擅长毒杀,并且喜欢跟读者开玩笑,以意外性见长。成名作《撕什么撕奇案》,写得极其难看,有很多读者看完就把书撕了,想不到纸里有毒,撕书的读者都被毒死了。非常令人意外。

当然,三位大师中,最最坚守本格的要数奎果了,这位大师偏执地遵守范达因和诺克斯的教条,写书规规矩矩。其成名作《中国局限之谜》,讲的是在中国发生了一起杀人案,嫌疑人中只有一个是外国人,结果凶手就是他,因为诺克斯十戒里说"凶手不能是中国人"。

这三位风格迥异,但都坚持创作本格推理的大师各自拥有一批脑残粉。林先生来到现场时发现人山人海,他们不顾身份、毫无羞耻感地大声呼喊着"卡眼——""奎果——"——克里斯姐的大部分脑残粉都被毒死了,所以来的人有点少,声音盖不过另外两位大师。

林先生看着这些人的脑残程度和自己死去的儿子差不多,无名火腾就上来了,他破口大骂道:"本格去死吧!推理没有未来!我们要好书,我们要鸡汤,我们要成功学……"

话还没说完,无数仇恨的眼神向林先生射了过来,人群中还有一些声音:"这人谁啊?""怎么这么没有本格的良心啊!""烧死异教徒!"……

慢慢地,几个人开始有节奏地喊:"烧死异教徒!烧死异教徒!"不一会儿,声音越来越大,参与的人越来越多,短短几十秒之后,整个会场里的人都在异口同声地喊这句话。

置身于声讨的中心,林先生又害怕又愤怒。终于保安来了,把他从人群中押了出去。

"你就先在这儿待着吧,等见面会结束了再处置你!"

保安把林先生推到一个空荡荡的房间里。

三个小时后,见面会在脑残粉的挽留声中结束。

工作人员终于有空去处理那个大胆的本格异教徒了。

打开门,众人闻到一股焦臭味。再一看,屋里有一具烧焦了的尸体。

墙上似乎有痕迹。

是一个有点熟悉的死亡留言:"木"。

* * *

"喂,有没有职业道德啊!虽然这位委托人的故事有点长,但你也不能睡着啊!"撸撸姐一巴掌把助手扇醒。

委托人是个保安,唯唯诺诺地说:"撸、撸撸姐,你看,这案子……能破吗?"

撸撸姐轻描淡写地说:"破了啊,这人是自燃的。"

委托人想了很久,还是觉得不对劲。"不对呀,你看,那个屋子里什么都没有,后来警方勘察了现场,也没有发现任何火源,那是怎么自燃的呢?"

撸撸姐觉得很不可思议。"自燃,顾名思义,就是自己燃烧啊!自己燃烧还要什么火源。你这人,脑子怎么不知道动一动呢,这么简单的事情,连我助手都知道!"

委托人一脸茫然地转向助手。

助手非常肯定地说:"是的,自燃是不需要……喂,要火源的啦!虽然我刚睡醒,但是这种常识我还是知道的!"

撸撸姐好像对两位的智商无计可施,只好说:"你们的思维怎么这么容易就被常识局限了呢……算了、算了,既然你说要火源,那你来给出合理的解答吧!"

助手其实早就跃跃欲试了,撸撸姐的这番话正合他意。"哈哈,其实我刚刚用了'不醒闪考',终于分析出来了。这个案子不外乎三种情况:第一,他杀。第二,意外。第三,自杀。"

撸撸姐忍不住拍着助手的脸当鼓掌。"真是精彩的分析啊,你能告诉我哪个案件不是这三种情况的吗?"

打完觉得还不解气,她又转头对委托人说:"对了,你是保安吧,你来打吧,肯定比我重多了。"

委托人立马使出一记直拳,正中助手的脸,然后问撸撸姐:"可以吗？"

助手捂着脸，不甘心地说："为什么每次都拿我的脸请客啦。"但马上他又神气活现地说，"我先来说说谋杀的情况哦。"

委托人提醒道："当时在现场的人都是第一次见林先生，为什么要杀他呢？"

助手说："本来呢，我们这里是不提供讲解动机的服务的，但是这次，动机实在太明显了，那就是为了烧死异教徒！听好了，作案手法其实很简单，这帮脑残粉在场外用打火机点着了林先生，你押往小房间的，其实是已经着了火的林先生！"

"他身上着了火，我为什么没发现呢？"

"所以我们就要来讨论第二种情况了，是意外！"

委托人呆呆地转向撸撸姐。"我觉得我被耍了，我能打死他吗？"

关键时刻，撸撸姐当然会保护自己的——领地，她说："可以，但是不要在这里。"

助手哭了。"喂，哪里都不行啊，我接下来要好好给出伪解答了。听好了委托人，这是一场意外。我想问你一个问题，房间里是不是什么东西都没有？"

委托人肯定地说："对，除了墙壁和一扇锁上的门，什么都没有！"

助手一击掌。"这就对了！正因为什么都没有，林先生被关在里面很无聊，于是，他想到了一个自己玩的方法，那就是——撸！"

撸撸姐感觉自己的姓氏被侮辱了。"这个伪解答能说快点儿吗，我怕我忍不住——让委托人就地打死你。"

"好的，我直接说结果吧，结果就是，摩擦起火，烧起来了！"

委托人一脸迷茫。"但是好奇怪啊，为什么摩擦会起那么大的火呢，都把人烧死了。"

撸撸姐咳了一声。"对不起，我打扰一下，难道不是一个人被关在屋子里居然心无旁骛地撸了起来这种行为更奇怪吗！而且，助手，难道你忘了还有死前留言这回事吗！你还可以更傻一点吗？"

"可以呀！"助手不服气地说。

委托人跪下了。"天哪，这人的脑子到底是什么做的啊，把你的话录下来播放，能救活很多植物人吧！"

助手的原则是，撸撸姐可以骂他，但别人不行。所以他非常愤怒，握紧拳头直跺脚，头顶还出现了两团小火焰，嘴里不停说着"讨厌啦"。

撸撸姐安慰道："好啦，你快说第三种情况吧，我去拿录音机。"

"喂，真的要把我的话录下来吗，那可就巧啦，因为接下来的是真解答哦！"助手自信满满的样子特别欠扁，"第三种情况，自杀。这也符合了林先生的死前留言，他原本想写的是'木有凶手，我是自杀的'，但是刚写完第一个字，就死了。"

撸撸姐说："你不如说他的死前留言是'木哈哈哈你们被耍了我是自杀的'。"

助手想了想，说："对对对，还是你的更合理，你的更有人情味……咦，撸撸姐你干吗这样看我……"

撸撸姐懒得说话了，直接伸出手掌。助手乖乖地把自己的脸往手掌上靠过去，屋里响起啪啪啪的声音。

用脸打完撸撸姐的手掌之后，助手还是不甘心，他还在喃喃自语。"那应该是什么呢？木头、木屋、木兰、木星、木之本樱、木偶、木——"

"等等！你刚刚说什么！"撸撸姐突然打断他。

"我、我说……木偶？"助手紧张了起来。

"不对，再前面！"

"木星？"

"不，木星后面！"

"木、木之本樱……"

"对！就是这个！"

"这个怎么了？"助手好兴奋。

"这个好蠢！你怎么想到这个的？"

"喂！我还以为我无意中说出破案的关键了呢！"助手瘫倒在地。

委托人说话了。"对不起，打扰一下，请问，还破案吗……我看你们已经在享受二人世界了……"

撸撸姐瞪了委托人一眼。"我不是一开始就说过解答了吗，你自己不信，偏要听什么助手的伪解答，现在又要来怪我？"

"解答？难道是你说的自燃？"

"是啊，这就是真解答。"

"但没有火源啊……"

"不需要火源。"

"那怎么……"

"刚刚你惹助手生气了，你看到了吗？"

"看到……什么了？"

"他生气的时候，头上有两团小火焰，那是他的怒火。"

一时无人说话。

"林先生本来就是一腔怒火过去的，结果黑人不成功，反而被那些脑残粉集体狂喷。这还不算，还莫名其妙被你们关进了一个小房间。你想他该有多生气？他头上，还有身上，会出现多少团火焰？"

"所以……"委托人不敢相信。

撸撸姐斩钉截铁地说:"没错,他是被自己的**怒火烧死的**!"

"这……这不可能吧。"

"不可能吗?我们所处的世界有太多不可能的事情发生,人的常识和认知每天都在增加和扩展。你以为助手这么蠢的脑子,在现实中就有可能存在?"

"是呀、是呀,我这种脑子,现实中肯定没有呢。"助手捧着自己的脑袋附和道,"**在这个莫名其妙的世界上,合理的、习惯性的事情或许才是虚拟的。**"

委托人好像妥协了。"好,我承认这个世界上总是有奇怪的事发生,但撸撸姐,你能解释一下林先生的死前留言是怎么回事吗?"

"那个更简单了,林先生是一个抵制本格的人,在会场上喊出豪言壮语'本格去死'。再想想他儿子生前未写完的那个死前留言,答案就呼之欲出了。那不是'木'字,而是一个被烧得毫无知觉的人哆哆嗦嗦写下的'不'字。没错,'不本格'的'不'!"

想不到真相和死前留言的解释都这么坑,委托人对作者和撸撸姐感到非常失望,叹了一口气,离开了。

房间里只剩下两个人了,撸撸姐突然开口问道:"你是不是觉得这个案子超不本格?"

助手点了点头,然后捂着脸说:"但我不敢怀疑你。"

"就算再不本格,被自己的怒火烧死也太过分了吧……"

助手不知道撸撸姐在说什么。"可那不是真解答吗?"

撸撸姐意味深长地一笑。"如果那个死前留言其实是没写完的'林'字……"

助手突然想起了什么,刚刚出门的委托人和他记忆中的某张脸重合了。

　　而撸撸姐已闭上眼睛，不再说话了。

　　助手感到心急火燎。

　　房间里飘出一丝焦臭味。

超危险坠楼事件

二十四楼可不算矮，甚至可以说很高，高到你站在地面往楼上看，都未必能看清楚窗户是开着还是关着。

　　周太太就看不清楚。

　　不过她隐约记得，自己离开家门的时候没有关窗——可能是真的没关，也可能是人类或多或少的强迫症作祟，总之，为了让自己安心，她打算上楼亲自检查一下。

　　房间的窗户是开着还是关着会让周太太如此紧张，是因为儿子在屋里。平时周太太都小心翼翼的，今天居然粗心到忘了关窗！要是儿子从开着的窗户摔下去，那可就糟了，毕竟，儿子还什么都不懂啊。

　　电梯好不容易升到了二十四楼，周太太急急忙忙掏出钥匙打开家门，冲到儿子的房间。

　　映入她眼帘的，是儿子趴在窗边的景象。

　　周太太还没来得及奔过去，儿子已翻到了窗外。

　　换句话说，她眼睁睁地看着自己的儿子从二十四楼掉下去了。

　　周太太感到一阵眩晕——大脑一片空白，眼前一片空白，天旋地转，几乎站立不稳。

　　终于她缓过神来，稳住身子，跟跟跄跄地跑到窗口，向下望去。

　　下面什么都没有。

　　"我儿子呀，刚出生的时候就被检查出这里有问题。"委托人指了指自己的耳朵，说道。刚陈述完案情，委托人就又沉浸在思念儿子的情绪中，居然自顾自地说起儿子来。

"哦哦,你儿子的太阳穴有问题啊,真是可怜。对,真可怜。不过一般来说,太阳穴只要多晒太阳——"助手似乎完全没有理解,语无伦次地安慰起委托人来。

"砰!"撸撸姐一拳打在助手的太阳穴上,气鼓鼓地说道,"人家指的是耳朵啊!哪有人太阳穴有问题的!"

助手捧着脑袋,嘴里不清不楚地嘟囔着:"我现在好像太阳穴有问题了……"

委托人完全不管撸撸姐和助手,还在念叨着:"他居然就这么掉下去了,那么高的楼层,多可怕啊……"

"是啊,是挺可怕的。"撸撸姐接口道。

"不可怕、不可怕、不可怕……"助手闭着眼睛说。

"喂,你敢把眼睛睁开再说吗,你这个胆小鬼!怎么光听人家说就怕成这样了!"

"我在给自己加油打气!"助手勇敢地说。

撸撸姐白了他一眼,说:"好啦,我受够你的蠢了,一点都不萌——"

"啊,至少还有蠢,对吧?"助手兴奋地插嘴。

"够了!"撸撸姐就要爆发了,"谜题已经摆在面前了,你快开始伪解答吧!"

"好,我们言归正传。"助手的表情严肃起来,"今天要破解的,是儿子从二十四楼掉下去,却不见了的谜题。依我看,不外乎两种情况——"

"不,还有第三种!"撸撸姐的口气不容置疑。

"喂,我还没说是哪两种呢……"

"不管哪两种,只要是你说的,就肯定还有第三种!"

助手无从反驳，只好悻悻地接着说下去。"第一种，你儿子在下面。第二种，你儿子不在下面。"说完他挑衅地看了撸撸姐一眼，意思像是说"我说的这两种情况滴水不漏，怎么可能有第三种解答呢"。

而委托人，到目前为止一直是一副淡然的表情看着前方。好像无论助手说什么，对她来说都不重要。难道，她也知道助手的解答都是错误的，正在等撸撸姐的终极解答？

"好的，让我们来看第一种情况。"助手已经完全进入状态了，"你儿子确实在下面，那为什么你没看到呢？因为，众所周知，二十四楼太高了，一个人的体重加上重力加速度，冲击力是十分惊人的。最近又经常有暴雨，楼下的泥土都被泡烂了，变成了稀泥。所以，你儿子掉下去后直接砸进了泥土里，看不见了！"

"水泥地怎么可能被大雨泡烂啊！你的脑袋里是不是有烂泥巴啊！"撸撸姐用力摇晃着助手的脑袋，好像要把里面的烂泥甩出去。

"哎呀，委托人又没说是水泥地面嘛……"

"二十四层的高楼大厦建在烂泥地里？"

"对哦，原来还能这样推理，想不到撸撸姐是逻辑流啊。"助手恍然大悟，击掌赞叹道，"没关系，我还有很多伪解答呢！听好了，委托人之所以没有看到儿子，是因为儿子用了降落伞，而这个降落伞是大地色的，委托人从楼上往下看，以为看到的是大地，降落伞因为拥有保护色而隐、形、了！"

助手得意扬扬地看看撸撸姐，又看看委托人，但是没人说话。两分钟后，还是助手打破了这一尴尬场面。"好，那我来说下一个伪解答吧。儿子在下面，为什么委托人没有看到？因为她是盲人！"

"咦，这个解答好像有点熟悉啊。"

"是的，以前撸撸姐破过类似的案子，这次运用的同样是叙诡哦！"

"叙你个鬼哦！"撸撸姐没忍住，不小心把桌子掀翻了。

助手连忙护住桌子。"撸撸姐你不要生气嘛，桌子腿最近刚刚松了你不记得了吗？还以为被固定着吗？"

撸撸姐好像吃了一惊，喃喃自语道："对哦……我怎么忘了呢……"

"你看，这个委托人太冷漠了，明明是来委托案件的，却只顾着自己说，不和我们互动，也不太爱说话，所以我猜她是盲人嘛……"

"别说得好像'不互动'和'是盲人'有因果关系一样！"

"那我直接说第二种情况吧。"助手识相地说，"第二种情况是，儿子没有掉下去。那他去了哪里呢？其实啊，他跳到对面的大楼上了！"

"所以你的意思是，周太太是成龙的母亲？"

"或者是杰森·斯坦森①……"

"你这种脑子居然还能说出一个外国人名，很了不起啊。"

"好啦，我就是活跃一下气氛嘛，接下来这个解答厉害了。儿子不在下面，那在哪里呢？"

"在上面是吗？"撸撸姐轻描淡写地说。

助手好像硬生生被塞了一块黄连。"喂，我正要说出这个惊人的解答啊，你不要这么轻描淡写地把我的包袱抢走好吗！"

撸撸姐有理，声音也跟着大了起来。"是你自己问的啊！"

"我那是设问句啊……"

"谁管你啊！"撸撸姐轻蔑地说道，"但你还是解释一下，为什么在上面吧。"

---

①杰森·斯坦森：美国动作明星，经常在电影里从一幢楼跳到另一个地方。

"因为呀,下面有一张弹簧床,儿子掉下去之后又被弹上来了!"

"好,我们先不讨论为什么弹得比起跳点还高,我就想从物理学的角度问你一下,那张弹簧床去哪儿了?"

"弹簧床是大地色的……"

这时候连委托人都听不下去了,她打了一个哈欠。

对一个正在进行解答的侦探来说,听众的一个哈欠真的比一颗子弹还要致命。助手受到如此大的打击,却依然要将伪解答进行到底。

"其实,这起案子发生在月球,往下跳,就是往上飞……"

"你的脑子是不是也在月球啊?"

"那就是她儿子太轻了,被风吹走了。我们不是常说,你太瘦了,一阵风就能把你吹走吗。就是这个典故……"

"你的脑子是不是也被风吹走了啊?"

"那就是……她儿子被楼下的某个住户伸手接走了……"

"你的脑子是不是也被人伸手接走了啊?"

"那就是她儿子是只鸟,飞走了……"

撸撸姐这次没有反驳,助手以为自己总算蒙到了一个很棒的伪解答,于是他接着往下说道:"对,很多人喜欢养宠物,并且总把宠物叫成儿子、女儿、宝贝之类的。周太太的儿子其实不是人,而是一只宠物鸟!那天周太太忘了关窗户,于是鸟就飞走了。完美啊!"

"你的脑子是不是也是只鸟啊?"想不到撸撸姐还是反驳了他。

"喂,这个解答虽然有点俗,好像脑筋急转弯一样,但是合情合理啊,你为什么又骂我?"

"那你怎么不说她儿子其实是个充气娃娃,充气娃娃自己通了灵性,趁主人不在就翻窗出去,想不到漏气了,咻的一声飞走了……"

"你这样说也有道理,但——"

"有个鬼道理啊！确实有个人从二十四楼跳下来摔死了，委托人说得这么明显，你都没看出来吗？"

助手仔细地看了委托人很久，然后认真地说："没看出来啊。"

"喂！没有让你真的看啦！你还是听我来说吧，这个事件还有第三种情况！"

"嗯嗯，是什么？"

"第三种情况就是——你刚刚说第一种情况是什么来着？"

"她儿子在下面啊。"

"对，就是这种情况！"

助手虽然坐着，但还是觉得膝盖处传来强烈的酸痛感，好像不跪一下不舒服似的。

"你不是说有第三种情况吗？"

"你有病啊！我说的时候你还没说第一种和第二种啊，谁知道你第一种就说儿子在下面的啊？你这人有没有逻辑啊？"

助手一想，确实如此，就心安理得了。"嗯，我错怪你啦撸撸姐。那你说，为什么她儿子在下面，她却没看到呢？"

"因为太远了。"

助手一时间没有反应过来，他想了很久才大叫道："喂！什么啊！你别糊弄人啊！太远了没看到，这是什么解答啊？"

"二十四楼确实很远啊。"撸撸姐的口气是无可辩驳的。

"话虽如此……但……一个小黑点什么的还是看得到的吧……"

撸撸姐的表情突然严肃起来。"你还记得这张桌子的桌角是怎么松开的吗？"

助手努力回想着。

撸撸姐直接说道："委托人看到儿子掉下楼的瞬间感觉一阵眩晕，

天旋地转，站都站不稳，最后是跟跟跄跄跑去窗口看的。为什么？"

助手终于想起来了。"和桌角松开一样……是因为……地震？"

"对！案发时正好发生了一次地震，虽然地震的时间很短，但足以让一些老建筑发生变化，比如这张桌子的桌角，再比如周太太住的那栋大楼。"

委托人依然一脸淡定。

"那栋公寓是豆腐渣工程，发生地震后，由于地基不稳，大楼发生了歪斜。想象一下比萨斜塔吧，以周太太所在的地方来看，大楼是往前倾斜，虽然倾斜的角度不大，但刚好导致她从二十四楼往下望时视野被遮住了一部分。而周太太儿子的尸体就在那个视野死角里。"

"高层的死角啊[①]……"助手又在不合时宜地卖弄他脑中为数不多的知识，"不对，这里还有问题。发生地震会有很大的声响，为什么周太太还误以为是自己过于虚弱导致天旋地转，难道她没听到轰隆隆的地震声吗？"

"对，她没听到。正如她现在也听不到我们说话一样。"撸撸姐淡淡地说。

"啊？"

"你刚刚已经提出过问题了，为什么周太太总是自说自话，也不和我们互动。当时你得出的结论是，她是盲人。但如果你有点逻辑的话，应该得出这个结论：因为她聋了，完全不知道我们在说什么。"

"十聋九哑，可为什么周太太是聋子，却能说话？"

"听障导致失语，通常是先天听不到声音，因而不能练习发声。而周太太的情况不同，你看她的样子，像是多大岁数？"

[①] 日本推理作家森村诚一有一部作品叫《高层的死角》。

"我看有七十几吧……"

"对，可能还不止七十。人到了一定的年纪，耳朵就不太好使了。"

"可周太太的儿子为什么耳朵也有问题，儿子的年纪应该不会这么大啊……"

"周太太老得手都哆嗦了，她刚才指着耳朵，导致我误会了，以为她是说她儿子的耳朵不好。而你误以为是她儿子的太阳穴不好。她听不到我们说话，也就无从反驳。其实啊，她儿子是脑子不好，所以才会那么大的人了，还整天被年纪很大的妈妈关在房间里。这也是周太太的一种过度保护吧，儿子活了几十年，可能还从未踏出过房间半步呢。"

"所以，有一天周太太忘了关窗，她儿子就……"

"对，他本能地爬到窗口，想看看外面的世界。他当时并没有轻生的念头，也不知道什么是轻生，只不过……"

"只不过正好发生了地震，大楼开始摇晃，他摔了下去……"

撸撸姐和助手这次交谈的语气不再活泼，甚至有点沉重。

但他们对面的周太太还是什么都听不到。

超童谣模仿事件

耳边传来的说话声把小彤从沉睡中惊醒。

小彤睁开眼睛,无奈地叹了口气。

——这已经是她不知道第几次被不知从何而来的说话声吵醒了,该怪房间隔音不好呢,还是怪那人叫太大声?当然还有第三种可能,怪她自己耳朵尖。

不用看钟,小彤知道现在是早上六点。每天都是六点开始有陌生人的说话声。是楼上传来的吗?还是自己幻听?当然,也可能来自另一个世界。

小彤穿衣、起床、打开卧室的门。家里静悄悄的,其他人都还没起来。奇怪了,怎么今天大家都睡到这么晚,难道是因为昨天晚上吵得太厉害了?

一想到昨天晚上那通争吵,小彤就觉得头大。

"小白兔,白又白,两只耳朵竖起来,外婆叫我好宝宝……"

"错啦!"爸爸的声音震耳欲聋,"都教了你多少次了,怎么还错啊!后面是爱吃萝卜爱吃菜!你给我好好记下来!"

小彤的弟弟顶嘴道:"背不出就背不出,这么大声干吗?每次都这么大声,能不能安静一点,我还在叛逆期呢,当心我杀了你们啊!"

"你杀啊!"爸爸更来气了,"杀你妹啊!你小子翅膀硬了,还学会顶嘴了……"

总之就是这种毫无意义的吵闹。神经病,幼稚,小彤这么想着,早早地钻进了卧室……

小彤走进客厅,看到地上趴着一个人。她揉了揉惺忪的睡眼,才分辨出那是爸爸。

"爸？你怎么睡地上？"

咦，爸爸的背上怎么这么白啊，像用白色的颜料抹了一遍。

小彤走近几步，看到旁边还躺着妈妈和弟弟。三个人都被捅死了，凶器是一把菜刀。之所以知道得这么清楚，是因为这把菜刀正插在弟弟的胸口。

仔细看，小彤还发现妈妈正揪着自己的耳朵，好像要把耳朵拉长。弟弟的嘴巴里叼着一根胡萝卜。

小彤第一个想到的不是报警，而是"小白兔，白又白，两只耳朵竖起来，爱吃萝卜爱吃菜……"

显然，这首童谣，凶手背得很流畅。

"首先，我要问你个问题，你务必诚实回答。"听完委托人的叙述，助手就非常坚定地开始询问。

"好的，你问。"

"人是你杀的吗？"

"不是。"

"好。"助手一击掌，"结论出来了，不是你杀的，你可以回去了。"

"好！"撸撸姐也对着助手的脸一击掌，"我的结论也出来了，你是傻子。"

助手捧着被打红的脸，委屈地说道："喂，你这是什么结论啦，这不是显而易见的吗！"

"你刚刚说的结论就不是显而易见的吗？"撸撸姐大声吼道。

委托人赔笑道："撸撸姐你别生气，你比我爸爸还要暴躁呢。我们还是快来解答吧，读者都打哈欠了。"

"咦，你居然看得到读者？"撸撸姐惊诧地看着委托人，"你这个叙述方法很特别啊，麻耶彤松。"

"虽然我听不懂你在说什么，但是这个案件我全部看破了哦！"助手兴高采烈地说，"我先来概括一下案情吧，案情就是：耳边传来的说话声把小彤从沉睡中惊醒……"

啪！撸撸姐打了助手一记耳光，想把他的智商从沉睡中惊醒。"你这叫概括？这叫重写一遍啊！叫你看岛田！叫你看岛田！"

"不被你打两下我还真不会好好说话呢。"助手一不小心把心里话说了出来，"好，现在正式概括。这个案件的谜团有两个：一、为什么要模仿童谣杀人？二、凶手是谁？三、不好意思刚刚没想到还有三，怎么杀的？四、咦，怎么回事谜团越来越多了，动机是什么？"

撸撸姐接着说道："其实最重要的谜团就是一，我认为只要破解了一，后面的谜团都会迎刃而解。"

"没错！所以我们来看看为什么要模仿童谣杀人。我认为有两种可能性，第一、凶手故意模仿的。第二、凶手不是故意的。"

委托人听得一愣一愣的，都忘了鼓掌了。"听你这个白痴助手的解答，我还不如回家听来自另一个世界的声音。"

"别呀，你听，我们这儿也能听到来自另一个世界的声音哦。听到了吗？有说话的声音隐约传来，虽然不是每天早上六点，但也经常能听到呢。"助手不知为什么突然说起这些。

"别跑题了！"撸撸姐及时制止，"你这个人的脑子太容易受影响了，快继续解答呀！"

"对了，我还要解答呢。"助手又严肃起来，"第一、这个模仿是有意义的，那是什么意义呢？对不起，我还没想到，嘻嘻嘻嘻。"

撸撸姐一巴掌拍在助手脸上。

"你怎么又打我啊，每次都这样，我能示弱吗？"助手问委托人。

"不能……"

"能！"助手马上抢着说，"因为我真的不知道嘛……现场四个人，死了三个，剩下一个就是你，你又说你是无辜的，那到底是怎么回事啦！这次你就直接说真解答吧。"

撸撸姐沉思了一会儿，缓缓开口道："好，这次就不浪费时间了。我给你们出个题吧。"

扑通！委托人从椅子上滑下来了，哭丧着脸说："你这还是在浪费时间啊……"

"不，举例子有助于开拓思路，这并不是浪费时间。"撸撸姐的语气难得这么诚恳，"我问你们，日本最有名的负面作家是谁？"

助手和委托人面面相觑。"覆面作家是蒙面作家的意思吗？好奇怪哦。""不是啦你个白痴，覆面作家是不露面的作家。""那不就是蒙面吗！""只是不公开露面啦！"

撸撸姐及时打断了两人。"我来公布答案吧，其实，最有名的负面作家是东野圭吾。"

"咦？他怎么会是……"

"因为他的负面新闻最多！"撸撸姐得意地说，"这个例子告诉我们，同一句话，在听者的耳中可能是完全不同的意思。"

"哇，好像很厉害的样子，那这次的案件也是这样吗？"

"不，这次的案件和这个例子没有关系。"

委托人在地上滑来滑去。"那你为什么要说啊……"

"因为我想吐槽一下东野。"

"你们到底能不能靠谱点……这是什么侦探事务所啊……不管案件只顾着自己玩吗……"委托人哭了起来。

"好啦，之所以开这么多玩笑，是因为这个案件的本质非常简单，一句话就能说明白。"撸撸姐换上了严肃正经脸。

"一、一句话就能……"

"没错，这是一起童谣杀人事件，对吧？凶手呼之欲出了。"

"是谁？"

"是童谣！"

"啊？"

"是的，凶手的名字就叫童谣，这就是童谣杀人事件的真相。"

"啊！"助手好像也明白过来了，"所以你的意思是……"

"错，我的意思其实是……"

"喂，我还没说你什么意思，你怎么就知道我错了啊。"助手露出苦瓜脸。

"因为你说什么都是错的，你忘了吗？"撸撸姐理直气壮，"我的意思是，委托人叫小彤，如果我猜得没错的话，你的名字就叫彤遥。你因为不堪忍受家庭内的争吵，所以杀了他们。然后安静了，你就回房睡觉了。想不到他们没有死透，留下了死前留言！"

"我告诉你一个毁灭性的事实，我姓彤没错，但我不叫彤遥！想不到撸撸姐你也会说出伪解答！"

助手有点心疼。"这……伪解答还是让我来说比较好吧……"

"不！我还能圆回来！"撸撸姐非常倔强，"对，他们的留言不是'童谣'，因为中国人根本就不说童谣，而是说——儿歌！没错，儿歌，儿哥，儿子的哥哥！那就是你！"

"我是姐姐啊。而且垂死的人会去找颜料涂到身上？会去找胡萝卜塞到嘴巴里？不如直接跑到医院去好了啊……只有妈妈的揪耳朵才是垂死的人能做出来的嘛。"

"没错,只有妈妈的留言是真的,妈妈揪耳朵,代表的是耳朵尖的人,你在一开始陈述的时候说了自己耳朵尖,能够听到来自另一个世界的声音,所以还是你!"

"别说了!"居然是助手打断了撸撸姐,"太丢脸了!这样不断提出伪解答,和我有什么区别?"

撸撸姐拉下了脸,她的表情有点黯然。

助手大义凛然地说:"如果一定要说伪解答的话,还是让我来吧!你们还记得来自另一个世界的声音吗?"

委托人害怕了。"你又要扯开话题了吗……篇幅已经够长了好吗,快变成矢吹驱①系列了……"

"不!才不是扯开话题!"助手厉声道,"因为真凶就是另一个世界的人,我们一直忽略了,这个故事里还有另一个人存在!"

"哦?"撸撸姐眼睛一亮。

委托人继续反驳。"那杀人手法是什么呢?晚上我们家门都锁了,他是怎么跑进来杀人的呢?"

"对啊,所以说是伪解答嘛……因为前面有这个伏笔在,所以不用不舒服啊,明晃晃的伏笔就这么放弃了吗?"

"所以说你的脑子容易被影响啊!"撸撸姐突然又振作了起来,"好了,刚刚助手的一句话把我的思路点开了!"

"哪句话?"

"先别急,我来举个例子吧。"

"又来了……"

"四个人手拉手围成一个圈站在房间里,然后关灯了,开灯后,发

---

① 日本推理作家笠井洁笔下的侦探。

现死了一个人,但四个人的手都没放开过,请问,凶手是谁?"

助手和委托人明显都懒得作答……

"其实,凶手就是——开灯关灯的那个人!题目里虽没有交代,但是能推理出现场还有另一个人。是的,这起案件也是同样的情况!"

"啪啪啪啪啪啪啪……"突然有个人一边鼓掌一边走了出来,不知道刚刚躲在哪里。

"撸撸姐!"一见到这个人,助手飞快地奔了过去。这是他今晚第一次说出"撸撸姐"三个字。

委托人感到莫名其妙,现在走进来的是撸撸姐,那刚刚做推理的是谁?

"恭喜你!"真撸撸姐明朗的声音响了起来,"你的枚举推理法很精彩,最后还悟到了真相,不愧是 CDC[①] 一班的高才生。"

"真是太惭愧了,这么晚才……"原来的那位撸撸姐——不,女侦探——低下了头,显得很不好意思。

"已经很棒了,因为助手的技能是让身边人的智商下降。"撸撸姐看了看助手,"只有我不会受到他的影响。而你居然在受到助手脑电波干扰的情况下得出真解答,已经超出常人了。你的毕业考试合格了,我会告诉你的老师的。"

"谢谢撸撸姐。"女侦探开朗地笑了起来。

"喂!你们都忘记我了吗?"委托人委屈地嚷道。

助手也突然想起了什么。"对啊,谜题还没解开呢。"

"这个谜题太简单了,我在楼上刚听完案件陈述就知道是怎么回事了。"撸撸姐不耐烦地说,"死了三个人,只有一把凶器。为什么捅完

[①] CDC 是作者杜撰出来的一个组织,中国侦探俱乐部(CHINESE DETECTIVE CLUB)的英文首字母缩写。需要说明的是,与日本推理作家清凉院流水笔下的 JDC 没有任何关系。

了父母刀子要拔出来，捅完弟弟刀子就插在里面不管了？——因为凶手无法将它拔出来啊！"

显然助手没听懂。

"凶手就是弟弟！他和父母发生了口角，并且扬言说'我还在叛逆期呢，当心我杀了你们啊'。结果这个冲动的小鬼真的在当晚杀人了。有动机，有凶手，事情就是这么简单。"

助手小心翼翼地问："我还有最后一个问题……"

"闭嘴！"撸撸姐没好气地说，"我知道你要问什么，为什么要模仿童谣是吧？这个如此简单的案件会变得这么神秘，就是因为披上了童谣杀人的外衣，现在，我就把这个外衣拆了给你们看！刚刚那位侦探已经说过一个可能了，其实屋子里还有另外一个人，只不过你们都没注意！包括小彤这个当事人都没有注意，何况听转述的你们。"

枚举侦探微笑起来，似乎在懊恼自己为什么没想到这个可能。

"让我们来回忆一下，父亲大发雷霆，弟弟顶嘴。错觉就是在这里出现的！弟弟说自己处在叛逆期，这说明他是个青春期的小伙子，那么一个少年为什么连一首童谣都背不出来呢？你们不觉得奇怪吗？那么是不是可以这么想——父亲的发飙对象并不是弟弟！"

"但我还有最后一个问题……"助手插嘴。

"闭嘴！"撸撸姐又把他骂回去了，"还记得父亲发飙的那段话吗？其中有一句'杀你妹啊'，没错，一个中年男人突然说出网络用语，很奇怪吧？其实，他口中的杀你妹，指的就真的是妹妹！小彤除了一个弟弟外还有一个妹妹，妹妹年纪非常小，且背不好童谣。你没说出妹妹是因为觉得她太小，不会与事件有关吧。真相是，爸爸骂妹妹，弟弟听不下去了，顶嘴。吵架的原因在于妹妹，所以爸爸说出'杀你妹'三个字。"

"这真的是我的最后一个问题……"

"闭嘴!你是想问妹妹年纪那么小,怎么会布置出童谣现场,对吗?没错,妹妹年纪太小了,完全不能理解客厅里发生了两起杀人事件和一起自杀事件,她还以为爸爸妈妈和哥哥都在睡觉呢。这时她想起爸爸说过的'你给我好好记下来',但她还小,不会写字,怎么记?面前有三个不会动的身体,她便用画画的颜料……"

"小白兔白又白,两只耳朵竖起来,爱吃萝卜爱吃菜……"委托人喃喃念着。

"没错,这次她记得非常牢。"

"撸撸姐,我真的还有最后一个问题……"

"闭嘴!咦,不对啊,都解答完了你还有问题?那不妨说来听听吧。"

"你躲在暗处的时候是在和谁说话啊?"

"说话?"撸撸姐皱起了眉头,"我没有说话啊,你是不是幻听了?"

某人正传2——初见

"好热啊，我们去雪人村避暑吧！"

中学一毕业，好像整个人都变得不一样了。变化不仅仅体现在长高了、声音变粗了、眼睛近视了，还有更本质、更深层的变化。他无法明确地说出来，但他知道这些变化不是光靠换衣服和配眼镜就能适应的。

当然，还有很多东西没变。比如眼前这张开朗的笑脸。

看到她的笑脸，就算被打，他也心甘情愿地接受。何况她还发出了度假的邀请呢。

到了才知道，雪人村唯一的优点就是凉快，根本没什么好玩的。地处偏僻，人迹罕至，两人住的旅馆里除了房东夫妇，就只有他们两个住户。

"哇哦，这里很适合上演无人生还的故事呢！"女孩兴奋地说。

她是一个侦探小说爱好者，这一点他早就知道了。

"可惜人太少啦，加上房东夫妇也就只有四个人，玩不起来啊。"听女孩的语气，好像真的觉得有点可惜。

"玩什么啊，我就想避避暑……喂，你别乱跑，你去哪里？"

女孩突然快步跑向一棵树，在树下抬头仰望。他也走过去，向上望，原来树上有一只鸟。

女孩还是一个大自然爱好者，这一点他也早就知道了。

但他不知道的是，女孩的耐性这么好——她和鸟对视了将近十分钟。

"我、我们进屋吧……"他感觉脖子快断了。

"我一看到这些小动物就忘了时间了……不过我又没让你陪我看！"

"但我……我一个人不敢进去嘛……"

"你还是不是男人啊，胆子也太小了！下次带你去寂静岭玩！"女孩的语气像在教训人，但一点都没有生气的样子。

坐在屋里与女孩聊天，是他最喜欢的事情了。尽管女孩聊的侦探小说他其实没什么兴趣，甚至觉得有点可怕。

"我刚看完一本叫《吸血之家》的小说，这本书里的谜题很有意思，我讲给你听吧！"女孩兴高采烈。

"唔……听这名字就很恐怖……但是我不怕，你说吧！"他捂着耳朵说。

啪！女孩把他捂着耳朵的手打掉，说了起来："很简单的雪地密室。有一个人死在雪地里，周围有死者的脚印、警察的脚印，还有……"

"等等，怎么这么多脚印啊，这一点都不简单啊！"他掰着手指头说。

"对对对，怎么都不如你的脑子简单！"女孩气鼓鼓地说。

"虽然我不懂侦探小说，但如果要写简单的雪地密室，应该什么脚印都没有才对啊……"

"连被害人的脚印都没有吗？"

"对啊。"

"你个白痴！不和你说了！"女孩真的很生气，她独自跑了出去。

他感到莫名其妙，女孩的心事真难猜，怎么突然就生气了。

避暑胜地的名声不假，客厅里的冷气开得太足，两个人待着还没感觉，现在只剩他一个人了，竟然觉得有点冷。他决定回自己房间。

他走进自己的房间，看着宽敞的落地窗，再也挪不开视线。倒不是因为落地窗本身有什么好看的，而是透过窗户，他看到了不可思议的景象。

窗外是一片雪白的世界，地上趴着一个人，从衣着打扮来看，就是刚刚跑出去的女孩。她孤零零地趴在雪地中央，重要的是，身边没有任何脚印。

"连、连被害人的脚印都没有的雪地密室……"

这比听故事可怕多了，他晕了过去。

"这是中学毕业那年的暑假发生的事，为什么时隔这么久跑来问我？"女孩首先问了这样一个问题。

"因为我一下子就晕了这么多年啊……"男孩只是想开个玩笑，毕竟初中毕业后他们就再也没见过面了。时隔多年后的重逢，让他很紧张。

"哈哈哈，这个伪解答很好！"听到这么拙劣的玩笑，女孩居然不生气，反而哈哈大笑起来，"不过你能晕这么久，打死你我都不信。"

"是吗？那你打死我呀！"这番嬉笑的话男孩接得特别自然。

"啪！"女孩居然真的在他脸上掴了一掌。

"别赌气！"女孩突然严肃了起来，"要我说的话，你当时看到的不会是你的幻觉吧？你看我这不是好端端地活着嘛。"

"对！不对！对……哎呀到底对不对啦……"男孩把自己惹哭了。

女孩饶有兴趣地看着他。"过了这么多年，你这个人的脑子还是这么有趣啊，又贱又欠揍，一点都没变聪明。但是呢，明明蠢到这个地步了，却还喜欢解谜，说的净是伪解答，真想收了你。不过这个以后再说，你先说，到底对还是不对？"

"对，是因为你没死，这是对的。而不对呢，是我真的看到了，不是幻觉啊……"

"我记得你当时还问过我。"

"是啊,当时你就很喜欢破案,但那个时候的你没能解开这个谜团……"

他醒来时,第一眼看到的是那张开朗的笑脸。

"咦,你、你不是死了吗?"他大叫。

"你晕了几个小时,醒来后就说我死了。我还以为你死了好吗!你快起来!"女孩捧着他的头晃来晃去。

"不对啊,我就是因为看到你死在雪地里……才吓晕的。"

"雪地?现在是夏天!夏天怎么会下雪,还说你不看侦探小说,你老实交代,是不是偷偷看了麻耶?"

"什么马爷,但是我确实……难道……啊!我知道了!"

"哇,这么快就破案了吗?"女孩诧异道。

"我知道了,肯定是我傻了,看到幻觉了!"

"你这话我只同意一半,你傻我是知道的,但是幻觉可不是这么容易就能出现的。说说当时的情况吧,看我能不能破案。"

"我从窗外望出去,看到一片白茫茫,而你倒在地上一动不动,周围没有脚印,连你的都没有!"

"好了,我知道了,我给你举个例子吧。"

"啊?"

"某出版社发行的某新书的腰封上写着这么一句宣传语——'日销量破百万',听上去很扯吧,但所有人都认为这很正常,为什么?"

"因为大家都知道腰封是骗人的。"

"不是啦!在这个例子的世界中,腰封是不会骗人的。"

"这样吗……那为什么没人反驳啊?"

"因为这位作家是日本人,日销量不是'一日的销量',而是'全日本销量',所以很正常!这个例子告诉我们一个道理,你知道是什么吗?"

"什么呀?"

"那就是,只有在特定的世界里,腰封才不会骗人。"

"和这个案子有什么关系呢?"

"没有关系啊,我只是想吐槽一下出版社的腰封。"

"喂!好好解谜啊你!"

"有什么好解的,肯定是你的脑子搭错筋了啊!你这个脑子以后能干吗呢?"

"我这个脑子……以后……我的梦想是……"

"面朝大海,一个猛子扎下去?"

"没有这么摇滚啦!"

"不过,说认真的,你以后想做什么?或者说,你这个脑子,能做什么?"看女孩的表情,并不像在开玩笑。

"其实这个谜题很简单。"没想到女孩马上得出了结论。

"真的吗,虽说你长大了,但这个破案速度也太快了吧。我想了好几年都没想通呢。"

"我现在就是因为破案速度快才苦恼啊,我准备招个助手让他说说伪解答了,不然委托人会觉得价格不划算,三两下就解决了。"

"如果你真的把这个困扰我多年的谜题破了,我就当你的助手!"

"真的吗?"

"我发誓!"

"我不要。"

男孩马上垂头丧气。

"这个以后再说吧,不是谁都能当我的助手的。先来破这个案子好了,其实刚才又听了一遍你的叙述,我真的觉得非常简单,你把所有的线索都说清楚了,只不过脑子没有转过去。"

男孩把脑袋转向一边,说:"现在我把脑子转过去啦……"

"不,你永远转不过去……"女孩无奈地说,"因为你压根就没脑子。既然你醒来后发现人没死,雪没下,那事情不是很清楚了吗?"

"不对啊,我明明看到……"

"所以说你这人很容易受影响啊!就因为我给你讲了一个'雪地无足迹杀人'的故事,然后你又看到有人趴在地上,就认为这人死了。当你看到白茫茫一片,就认为下雪了。换成别人,肯定不会这么容易受影响!"

"所以……真的没死人,也没下雪?那我看到的是……"

"你还记得吗,我在外面和树上的鸟对视了十分钟,这就是一个线索!"

"我知道了!你爬上树,想抓那只鸟,想不到鸟会飞,你忘了自己不会飞,扑出去要抓鸟,结果就掉下来了!"他得意地说。

"好棒的伪解答,重点全错……和树没关系,和鸟也没关系,你该从中得出的结论是——我爱大自然、爱动物,喜欢盯着看!"

"所以……"

"所以我的生物钟很有规律,现在依然每天早上六点起床。"

"什么跟什么啦!"

"哈哈开个玩笑,我想说的是,所以我当时是趴在地上看蚂蚁啊,才不是什么死在雪地里呢!"

"好、好吧……那下雪……是怎么回事……"

"都说了根本没下雪,是你的脑子下雪了!"

"咦?"男孩下意识地摸了摸头,好像要拂去一点冰霜。

"这里有两条线索,拼起来就是你脑子下雪的真相。第一,你刚配了眼镜。第二,你从一个冷气很足的房间换到一个没有冷气的房间。"

男孩呆住了。

"没错,你看到的白茫茫的一片,是你的镜片**起雾了**!"

可能是真相太有冲击力了,也可能是真相太新本格了,更有可能的是女孩的这句话:"只有你这种白痴才会以为那是雪地密室!"让他再一次觉得眼前模糊。

"终于有人陪我玩破案游戏了。下次……来我的侦探事务所玩吧。"

女孩看起来很开心。

"侦探……事务所?"男孩问,"在哪里啊?"

"你傻啊!"女孩笑着说,"我家呗。"

"不过,说认真的,你以后想做什么?或者说,你这个脑子,能做什么?"看女孩的表情,并不像在开玩笑。

"那你想做什么呢?"他反问道。

"我想成为一个大侦探!最好能进个什么神探组织,听起来特别帅!虽然……不太现实。"

"好啊,如果你当了大侦探,我就做你的助手!"

"那你可要加油喽。"女孩又一次开朗地笑了起来。

他推了推还不是很习惯的眼镜,也跟着笑了。

超长伏线硬要回收事件（上）

在他从小形成的观念里，就只有男人是聪明睿智可靠的，女性似乎只能做做家务，起不到其他作用。

此刻，他却不得不低下头请教眼前这个女人。因为坊间传闻说这个女人很聪明，没有她解决不了的谜团。

而他恰好有个解决不了的谜团。

"没错，我也觉得这不是自杀。"眼前的女人冷冷地说，"不过和你不同，我不是没有证据就盲目地相信你朋友不会自杀，而是现场的情况与自杀相矛盾。"

"什么矛盾？"

"你说了，死者头部有个洞，这样的致命伤足以让他当场死亡。他手里拿着弓箭，但很明显凶器不是弓箭。"

"因为他无法自己拉弓射自己吗？"

"你好蠢，为什么要拉弓，直接手握着箭矢戳自己就行了啊。"

他还是第一次被女人说蠢，当然很不服气。"既然他办得到，为什么你又说他不是自杀？"

"因为弓箭是干净的。"女人似乎早就料到他会这么问，"如果是用箭矢戳自己自杀，那他大可不必戳完了又拔掉，反正戳脑袋肯定会死。就算他有洁癖吧，拔出去了，这根沾血的箭矢也不会凭空消失。所以我说，应该不是自杀。自杀的话，也是有其他人把沾血的弓箭销毁了。但你一听到喊声就冲过去了，并没有看见其他人吧？"

"你说得好复杂啊，我都听不太懂了！"他觉得眼前的女人的形象高大了起来。

"那我这样说好了，既然你听到了他的喊声，那基本上就不会是自杀。自杀都是闷声不响进行的。"

他本来还想问一句"可能是痛得叫出声来呢"，转念又作罢了，因为他有更重要的问题要问。

"既然他不可能自杀，现场又没有其他人出现，那他是怎么死的？"

"有一个词，逻辑。你可能不懂，但它很有用。让我来给你演示一遍：你朋友拿着弓箭，由此可以推断出他是出来打猎的。"

"没错。"

"地点不是在山上，也不是在丛林，由此可以推断出打猎的目标并不是走兽。"

"对的。"

"所以，他是想射鸟。"

"然后呢？"

"然后他被愤怒的小鸟啄死了。门在你左边，再见，不送。"

他呆呆地站起来，转身，茫然地迈出了门，好像被空中看不见的线牵引着。

外面空气清新，他的脑子也一下子清醒过来。他终于意识到女人刚刚说的话哪里不对劲了！同时，他也看破了这个谜团的真相！

他兴奋地回头，想要冲进去杀杀那个趾高气扬、自以为是的女人的威风。

然而，一个全新的、更大的谜团出现在他的眼前。

女人所在的那栋房子，不见了。

"哼，到头来还不是又来找另一个女人寻求答案？"撸撸姐轻蔑地看着委托人。

助手看着耷拉着脑袋的委托人,居然也数落起来。"就是嘛!身为一个男人,你能不能受一点啊!你难道不知道被女人打骂才是最幸福的事情吗!"

"瘦、瘦一点?"委托人听不懂。

"算了,跟他讲这个没用。"撸撸姐不耐烦了,"我们还是早点解完谜,让他滚蛋吧!"

"要是你能、能够解决这个谜团的话,倒、倒是极好的……"委托人小声说。

"你是清宫剧看多了吗,白痴!你听好了,我要开始说伪解答啦!"助手居然也有机会骂别人白痴,他自己也没想到,和读者诸君一样惊讶呢。

"愿意挑战房子消失之谜的人不多,因为这个谜面太难啦。但是我认为,这个谜面和以前的谜面并没什么不同,因为它也有两种情况——第一、房子没消失。第二、房子确实消失了。"

撸撸姐说:"是没什么不同,反正你说的都是伪解答。"

委托人是第一次听到助手的这番言论,居然频频点头。"对对对,就是这两种情况,没问题。"

助手信心大涨,继续说起他临时想到的伪解答。"第一,房子其实没消失。那委托人为什么没有看到呢?因为啊,这栋房子的外墙都是玻璃,玻璃太干净了,反光!所以你看到的是蓝天白云的倒影,还以为房子消失了呢。"

"玻璃?"委托人怪怪地问道。

"啊啊啊,不是那个玻璃,是这个玻璃,我性取向很正常的嘻嘻嘻。"助手连忙摆手解释,但委托人好像还是茫然不解。

助手疑惑地问撸撸姐:"撸撸姐,你说这个委托人是不是从来不上网啊,怎么什么都听不懂啊。"

撸撸姐很认真地说:"说实话,你刚刚说的那个解答,正常人都不能理解。"

助手这才恍然大悟。"哦哦哦,这样啊,刚刚那个只是一道异想天开的开胃菜,接下来才是真正的伪解答!为什么房子没消失,委托人却没有看到?因为委托人不想看到!"

"什么!"这个解答太过震撼,撸撸姐和委托人异口同声地发出惊叹。

"委托人说了,他看不起女人,但是那个女人却在他面前趾高气扬,委托人心里非常生气,索性更看不起她!他想着'我要看不见你'!然后连同那栋房子一起看不见了。"

撸撸姐没有说话,只是转过身,打开了电脑。

"撸撸姐你想干吗,别玩游戏啊,我在这里解谜题呢!"

"哦,我不是想玩游戏,只是想@一下京极夏彦[①]。"

"那是谁!你快把电脑关掉!我的推理很顺利,因为我们现在可以知道,第一种可能性被排除了。那么,剩下的就是真相。所以真相就是——委托人你自己说!"

委托人理都没理他。

"好,委托人弃权,那撸撸姐你说!"

撸撸姐没办法,怎么说也是自己的助手,不能让他在外人面前太难看,只好配合他。

"哔——"

"撸撸姐说的话怎么被消音了!"助手非常好奇。

[①]京极夏彦,日本推理作家,曾经用"看不见"解决过旷世奇案。

"靠！都怪哔——"撸撸姐很生气。

虽然骂他的话被消音了，但助手一点都不难过，因为他离真相那么近！他一字一句地说道："真相就是——房子真的消失了！"

委托人接话道："这我一开始不就说了吗？"

"啊！原来你那么早就触及案件核心了啊！了不起！"助手啪啪啪地鼓掌，"但你知道房子为什么消失了吗？"

委托人露出惊恐的表情。"我就是不知道才来找你们的啊！"

助手说："好！我告诉你为什么房子不见了，因为本来就没房子！"

撸撸姐这次是真心实意地表扬起助手来。"这个思路挺不错的，你接着往下说说看。"

助手得意扬扬地解释道："因为，那个女侦探的事务所是露天的！就跟路边的算命先生一样！"

委托人表示非常震惊。"这……完全有可能啊！"

这可能是撸撸姐遇过的最无知的委托人了，她愤怒地吼道："你们的脑子也是露天的吗！如果这就是真相，那委托人回头为什么会连那个女人都看不见？注意，不是房子消失，是房子和房子里的人一起消失了啊！注意审题！"

助手不甘心，自己这么好的想法被否定了。"因为那个女人送走客人后，觉得自己的摊位阳光太刺眼了。对，反光，所以就搬了个地方。"

撸撸姐觉得这辈子都会痛恨"反光"这个词，但"反"这个字又让她突然有了个主意。她敲了敲键盘，然后把电脑屏幕转向委托人。

"我发现你有很多东西听不懂，这样，我来考考你，这个字念什么？"

委托人说:"很简单啊,包子。"

助手突然"啊"地叫起来,他发现了委托人的秘密!"我知道了,你这个人左右不分!这明明是一个'孢'字,你却说是'包子'!你肯定是从右往左念的,那我就知道你为什么看不到房子了,因为……咦,因为什么啊撸撸姐?"

撸撸姐说:"你没想好就别乱说话!他根本就不是左右不分,你忘了吗,那个女人对他说'门在你左边',如果他左右不分的话,怎么可能走出去。"

"那他为什么会把'孢'念成'包子'……"

"答案和他走出门,回头却看不到房子一样。"

"是什么?"

"因为他走出门后,再回头看到的,是……"

助手和委托人屏息凝神,等待着答案。

"是几百年后的场景。"

"什么!"助手惊恐地叫道,"他和那个女人聊了这么久?"

"喂!你的脑子是怎么长的啊……"撸撸姐彻底输给助手了。

"其实我一开始也不敢相信,只是怀疑而已。"撸撸姐解释道,"为什么他连'受'都不知道,也不知道'玻璃'是什么,注意,他是连'玻璃'这个东西都不知道,不是延伸义,是你误会了。而且,他男尊女卑的思想根深蒂固,还说出了清宫剧里的台词……我开始怀疑,他也许……就是清朝人!最后,我给他做了个测试,发现他阅读时也是从右往左看,如果是现代人,那他不是中国台湾人就是日本人。不过结合他的气质和之前的疑点,我还是认为他是古代人。"

"这、这……但……但为什么清朝人会突然跳到几百年后的今天!肯定是妖精,我去拿碗……"助手一副很害怕的样子。

"喂！他是不会到你碗里来的！"撸撸姐严肃地盯着助手，"其实我也不敢相信会有这种荒谬的事情，但我想起以前的一件事，就觉得这是有可能的。"

"什么事情？"

"这件事你明明比我更清楚呀，林先生。"

撸撸姐微笑着对助手说道。

超恶魔作祟事件 ————

"你知道辛德瑞拉吗?"

儿子瞪大了布满血丝的眼睛问他,他满不在乎地回答:"当然知道啊,灰姑娘嘛,童话故事,怎么啦?难道你昨天晚上去和灰姑娘跳舞了,所以睡得晚了才会这么憔悴?"

"辛德瑞拉不是什么灰姑娘,她是恶魔!"

儿子紧张的样子还挺像回事的。

"你不上网,不知道,已经有好几个人见到这个恶魔了。据当事人说,这个恶魔会突然出现,缠着你,走到哪里跟到哪里,直到逼死你!但是只要一到午夜零点,恶魔就会消失。"

他就当在听恐怖故事了。"哦,所以叫辛德瑞拉啊,名字还蛮好听的。所以呢,有人被辛德瑞拉弄死了吗?"

"好几个人突然死亡,没人知道他们是怎么死的,新闻也只说是意外。直到前两天,总算出现了一个熬过午夜零点的幸存者,才在网上公布了这件事情。"

"那个幸存者是怎么从恶魔手下逃脱的?"

"据说他一直和辛德瑞拉说话,逗她开心,不知不觉就过了午夜零点,她就消失了。"

"真是幼稚。你还是多读读书吧,网上的事情最好别信,网上还有人说《萤》不好看呢。"

"一开始我确实不信,"儿子把已经睁得很大的眼睛睁得更大了,好像眼珠随时都会爆出来,"但现在,辛德瑞拉就在我身后……"

他虽然心里不信,但还是紧张地往儿子的身后看去……什么都没有。

"别自己吓自己了,我看你啊,好好休息吧,最近也别逛什么乱七八糟的网站和贴吧了,那里胡言乱语的人多了去了。出来吃饭吧,你妈做了你喜欢吃的排骨。"

儿子笑了一下,是一种非常神经质的笑容。"我知道你不会信我的,这很正常,算啦。不过我也不是好惹的,我会努力挺过今晚的。你看,为了防身,我、我把武器都拿出来了,这是我之前在网上买的……"

儿子从口袋里掏出了一把枪。这把枪一看就非常重,儿子瘦小的手几乎无法将它举起来。看来不是玩具枪。

"网上怎么连枪都……"

没等他说完,儿子突然一把把他推出门外,"啪嗒"把门反锁了。他猛力敲门。

里面传来儿子的狂吼声。"给我滚开,给我滚开……别再缠着我了,你以为能把我逼死吗……别过来……我要开枪打死你……别过来……"

"砰!"

房间里传出一声巨响。然后,寂静无声。

呆了片刻,他撞起门来。

门被撞开了,他看到儿子倒在地上,被枪打死。

除此之外,房间里再没有其他人。

"当然,这件事情有两种可能性!"

助手这次有点急,声音也有点大,好像无法控制自己一样。

还是撸撸姐看问题比较透彻,她说:"你是不是害怕啊?"

助手僵硬地笑了。"没、没有啊,我为什么要怕……不、不就是鬼吗？"

委托人呵呵笑道："你看你连话都说不清楚啦，不是鬼哦，是恶魔，而且她有个非常好听的外国名字，叫辛德瑞拉——"

撸撸姐打断委托人。"不，有没有这个辛德瑞拉现在还很难说。请你不要再吓我的助手了，他很胆小的，别人说什么他都会相信……啊，你后面是谁？！"

助手突然跳了起来，嘴里"汪汪汪"叫个不停，已经被吓傻了。

撸撸姐莞尔一笑，再次转向委托人，说："你看，我说得没错吧。"

委托人也很开心，恨不得自己手里有个杯子，能和撸撸姐碰一下杯。

"好啦，我们还是言归正传吧。助手你乖乖坐好，接下来是你的伪解答时间！"

听到"伪解答"三个字，助手突然恢复了常态——差不多和被吓到的时候一样傻！

但他不再胡言乱语了，而是正经地说道："对，两种可能性。第一种，房间里只有死者一人。第二种，房间里不止死者一人。"

委托人仿佛被助手严肃的样子镇住了，一脸正经地看着他。

"第一种可能，房间里只有死者一人，那他是怎么死的呢？很简单，从他枪里面射出去的子弹碰到了墙壁，反弹回来，打死了自己！"

委托人赞扬地点了点头，对撸撸姐说："嘿，你别说，这伪解答还真够伪的。"

撸撸姐也啪啪啪地鼓起掌来。"好伪，好伪。"

助手居然站了起来，鞠了一躬，然后笑眯眯地坐下，又说起来："那么，会不会是这种情况，他自己打死了自己。"

"自杀吗？"委托人反驳道，"不对哦，他当时明明嘴巴里说着宣战的话，要开枪也是冲着恶魔，不可能嘴巴里说着'我要开枪打死你'，然后自杀了吧？"

助手摇了摇手指，得意地说："NONONO，我只说他朝自己开枪，并没说他是自杀哦。"

委托人来了兴趣。"哟，有点意思，那是怎么回事？"

"因为……恶魔附在了他身上！"助手潇洒地说完这句话，看了看撸撸姐和委托人，好像在等待掌声。

但观众显然不觉得这个解释有多厉害，撸撸姐开口道："我还是去给你找根骨头含着吧……"

助手觉得不解。"我觉得这个解答可行啊……也许他真是这么想的呢……"

撸撸姐说："如果被害者是你，还有可能。但问题是死者不是你，死者是有正常思维能力的人。"

助手恍然大悟。"哦哦哦，这样啊……那我知道答案了，他，其实没死！"

撸撸姐说："太好了，你已经找到破解谜团的万能钥匙了，你自己也可以出道开一家侦探社了，以后不管什么谜团摆在你面前，你都可以说——他其实没死！"

"不是啦，没有这么简单哟。为什么他没死，父母却以为他死了呢？因为，他在装死！"

委托人插嘴。"为了让别人相信真的有恶魔，于是装死？"

"不，装死不是装给别人看，而是装给恶魔看。这样，恶魔会以为他已经死了，就离开了！"

"你这个熊孩子！"撸撸姐一掌扇在助手脸上，"你以为辛德瑞拉是个熊瞎子吗？"

助手一脸幸福地捂着脸，开朗地接着说道："好，接下来，就是第二种可能啦。其实，屋子里还有别人！"

委托人接口道："好，于是现在谜团变成为什么屋子里有人，我却没发现。"

"对！屋子里明明有人，为什么没被你发现呢？因为……那个人躲起来了！"

撸撸姐和委托人面面相觑。

助手还在自说自话："好，现在谜团变成凶手躲到哪里去了呢？其实啊，凶手躲在了……那个地方！好，现在谜团变成那个地方是哪个地方呢？其实啊……"

撸撸姐喝道："你就是想凑字数吧！"

"什、什么字数……我马上就要说啦，因为谜底太黄暴了，我迟迟不敢说。其实啊，凶手躲在了死者体内！"

"啊？"

"因为凶手就是一颗子弹，凶手的名字叫甄子丹……"

听到这里，撸撸姐忍不住在助手的脸上练了一套咏春拳。

"哎呀，你别激动嘛撸撸姐。我刚刚故意说个冷笑话调节一下气氛，现在才要说真相呢。注意了啊，很黄暴。凶手杀了他之后，把尸体开膛破肚，然后把内脏都吃了，只剩下一张皮。然后他就套着这张皮，躺在了地上。"

"你是说那么短的时间……"

"没错，因为凶手吃东西很快。"

"根本不是吃东西快不快的问题好不好！"

委托人举手发言。"我提个小小的意见啊，既然是伪解答，我觉得就不用编得这么恶心了吧。"

助手低下头。"嗯嗯,你说得对,好,接下来还有一个伪解答,你们听好了啊。我先举个例子!"

撸撸姐突然冷冷地说道:"举个例子?你最近是不是和那个枚举侦探走得很近?"

助手居然没理她。"有个女人在屋内高喊:'黄郎!'她的丈夫听到马上就冲了进去,想要抓奸,想不到屋子里只有他老婆,根本没别的男人。为什么呀?"

撸撸姐的心情似乎不太好。"这是什么破例子。"

助手自问自答:"其实呀,女人叫的不是'黄郎',而是'黄狼',就是屋里有个黄鼠狼。这个例子告诉我们:屋里有洞!"

撸撸姐听完没有说话,而是陷入了深深的沉思。

"你看,连撸撸姐都觉得我的这个例子很棒呢。"助手高兴地对委托人说。

委托人打了个哈欠。"都快半夜了,是不是该回家睡觉了……"

助手又不开心了。"你干吗打哈欠啊!不满意这个解答的话,我还有很多呢,比如屋子里其实有两个人,他们站在房子的两侧,拉着一幅画挡在身子前面,看起来就好像是一面墙,而且地上有尸体,你的注意力……"

"够了!"撸撸姐突然喊了一声。

这一声把委托人叫清醒了,助手也忘了自己说到哪儿了,他们知道,撸撸姐马上就要开始说出真解答啦。

"刚刚助手举的例子确实很棒。"没想到撸撸姐开口居然说出这么一句话。

"是吧、是吧,所以还是有洞……"

"不!和洞没关系!"撸撸姐爽快地说,"这个例子告诉我们一个道理：有时候，同一个字，可以有不同的意思。"

"咦？"助手听不懂了。

委托人也露出思考的表情望着撸撸姐。

撸撸姐说："当我们听到'死者被枪打死'时，脑子里会自动脑补成'被开枪打死'，其实它完全可以是另一种意思——被枪'**敲打**'致死！"

"啊，所以你听到打哈欠……"

"没错，我们喜欢乱用'打'这个字，比如打哈欠、打扑克、打酱油、打瞌睡、打飞机、打个的……这些词里的'打'都不是'敲打'的意思，我们不会认为打了个名叫哈欠、扑克的人……这都是思维定式在作怪。"

助手兴奋地说道："哇，真是太厉害了！还是撸撸姐厉害，一开口就破案了，所以死者其实是被枪敲打致死的，哈哈哈哈，真是盲点啊。"

委托人冷静地说道："但就算这样，案件还是没有破啊，凶手是谁呢？不管是怎么打死的，都还是没有解开谜团吧。"

"不，这样就可以排除很多可能性了。如果他是自杀，那明显开枪更方便、更快、成功率更高，为什么会选择敲击呢？不合理，排除。同样的，如果是他杀，也是开枪更简单，也可以排除。那么，剩下的可能性不管多么'新本格'，它都是真相。真相就是——意外！"

"啊，意外！这也太意外了！"助手还在说冷笑话。

委托人却不依不饶。"你说是意外，好，那是怎么个意外法呢？为什么手枪会砸死他？"

撸撸姐不慌不忙地说出了最终的解答。"你们别忘了，死者对着不存在的恶魔幻影开了一枪。开枪后，会产生一股向后的强大的力。"

"后坐力吗？哼哼，后坐力再大也不可能把人置于死地吧，太荒谬了。"

"你之前说了，死者很瘦小，而枪很沉重。他承受不住后坐力，致使枪脱手，弹出的枪磕到了致命部位。你可能觉得这很荒谬，但排除所有不可能，只剩下这个解答了。"

助手倒不觉得这个解答有多荒谬，因为更荒谬的真解答他也听撸撸姐讲过，这根本不算什么。

他只是有一点不解，于是问撸撸姐："可是好奇怪啊，为什么刚刚我在说各种被枪打死的伪解答的时候，委托人没有明明白白地告诉我死者是被敲击致死的呢？她根本不像一个寻求儿子死亡真相的母亲。她一点都不焦急，而更像是在做游戏，在和我们聊天……"

撸撸姐冷冷地说道："委托人什么时候说过死者是她儿子了？"

"啊！"助手一哆嗦，抬头望向委托人，却像只顾着买书的二次元宅一样——找不到对象。

委托人原本坐着的地方此刻空空如也，似乎根本没有过这个人。

这时，午夜零点的钟声敲响。

超玩命本格迷聚会事件 ————

小忠彻底傻了、呆了、白痴了、逻辑荡然无存了。他看着眼前的情景,隐隐觉得大事不好,要崩盘。

虽然没有血,但他可以确定,那四个人死了。前一天他们还彼此开着玩笑,说说闹闹,而现在,他们再也无法说话了。小忠觉得有点悲伤。

大家是在一个网站上相识的,因为同样的爱好——本格推理,让他们聚到了一起。这次聚会是谁召集的,已经无从考证了,也许是大家都有这个意思吧,就默契地约出来聚个会、吃个饭、玩个游戏,来一次"本格迷的聚会"。

"我最爱的作家是埃勒里·奎因!"小忠这么介绍自己。

然后其余七人也分别介绍了自己喜爱的作家。本格迷的口味各不相同,有喜欢阿加莎·克里斯蒂的,有喜欢岛田庄司的,有喜欢东野圭吾的,有喜欢绫辻行人的。虽然各自喜欢的作家不同,但热爱本格推理的心是相同的,因此他们很快就建立起了感情。

但好景不长,今天,小忠面前就出现了这一惨状。

面对四个死人,显然不只小忠一人慌了神。他身边还有两个人,全都一脸痴呆。

小忠寻找着第八个人,发现那人身中三刀,但还没死。

多么诡异的场面。好好的八人聚会,现在四人身亡,三个人吓傻了,还有一个人身受重伤,可能离死不远。

"怎、怎么回……"小忠勉强开口,话没说完就突觉眼前一黑。

失去意识之前,他瞥到了一个大大的"木"字。

＊　＊　＊

"大大的木字……"助手下意识地重复了一句，并颤抖了一下。

"好了，你们听明白了吗？"虽然是询问的口吻，但委托人的语气让人觉得有一丝狡诈。

"我明白了！这个事件看似复杂，其实……真的很复杂，是难得的暴风雪山庄模式①的奇案啊！"助手高兴地说道。

"哪里来的暴风雪山庄啊！"撸撸姐捅了助手一下，"不过你有句话说对了，这起事件非常复杂，里面包含了很多谜团，你能运用你白痴——白色的脑细胞，为我们归纳一下吗？"

助手得意地说："当然可以了！这些谜团归纳起来就是——到底是怎么回事呢？"

撸撸姐早就知道助手会说这种蠢话，她一点都不惊讶，而是温柔地赞美道："你的脑袋到底是怎么回事呢！"

助手捧着自己的脑袋，甜甜地笑了起来。

"好了，还是让我来归纳吧。"撸撸姐正色道，"这起事件的谜团归纳下来一共有三个。一、那四个人是被谁杀的？二、身中三刀的汉子是被谁捅的？三、为什么只捅了三刀，还没捅死对方就不捅了？四、哪里来的四？五、巨大的'木'字到底是什么意思？"

助手的脑子跟不上节奏了，他哭了。"谜面哪里有这么复杂啦！哪个作家会在一个故事里写这么多谜团啊，我都不知道要针对哪一个给出伪解答了！这种作家好讨厌啊！"

"不，所有的这些谜团，其实只用一句话就能解开！"撸撸姐说。

"哦？"委托人露出惊讶的表情，他不敢相信眼前的这个侦探居然

---

①一种经典推理小说模式，简单说来就是一群人被特定原因困在一个地方，无法出去，外人也进不来。在此前提下，不断发生案件。详情可参考这一模式的代表作《无人生还》。

真的这么厉害,这么快就看透了如此复杂的谜题。要知道,新本格作家通常写了几百字都还没能描述完路边的一棵无关紧要的树呢。

"所以,能解开所有谜团的话是……"助手好奇地问道。

"现在还不能说,时间太早了,本格推理小说里的侦探不会这么早就揭晓答案的。"撸撸姐莞尔一笑,缓缓说道。

"就、就算知道了也不说吗?"委托人问。

"是啊!越不说越名侦探啊!"

"厉、厉害啊……"委托人突然露出很崇拜的表情。

助手插嘴道:"啊!我刚刚想了想,其实这个谜面可以简化成:凶手是谁?"

撸撸姐和委托人知道,不管怎样阻挠,助手的表演终究还是要上演的。

"好了,那凶手是谁?我觉得不外乎两种情况!"助手伸出两根手指,"一、八个人中出了一个叛徒!二、凶手不在八个人中间!"

委托人面无表情地鼓了两下掌,看到没人响应,尴尬地停了下来。

撸撸姐则发出五连呵,"呵呵呵呵呵",然后头变灰了。

"喂!撸撸姐你别下线啊!听我说啊!"助手扯着撸撸姐的衣袖撒娇,"呐,第一种情况,他们中出了一个叛徒,那么会是谁呢?四个死人可以排除,剩下的四个活人,我觉得,人人都有可能!"

"这……这是解答?"委托人简直难以置信。

"当然不是了!"

委托人松了一口气。

"这是伪解答!"

不知为什么,委托人捂住了自己的胸口。

"好的,第二种情况,凶手不在这八个人中间!"助手自顾自地说了下去,"那为什么大家都没有看到他呢?因为他……不在现场!还记得吗,死了四个人,但是现场没有血迹,为什么?答案很明显,是毒杀!所以凶手可以不在现场,他在别的地方给这四个人喂了毒。"

"很好的逻辑,那你能解释一下为什么还有一个身中三刀吗?"

"这个我也可以解释,他也中毒了,为了把毒放出来,他捅了自己三刀,所以才没有死!"

"我看是你的脑子中毒了,我也帮你捅三刀吧。"

"等等,还有一种可能,为什么那八个人都没有看到他,因为……他太小了!"

"你的言下之意是,其实聚会共有九人参加,但其中一个是矮子,另外八个人都没注意到他,一直以为只有八个人,是吗?"

"没错!这个矮子受到了冷落,被人无视,他非常生气,于是开始杀人!"

撸撸姐听完这悲伤的解答,一时竟说不出话来。

倒是委托人频频点头。"这什么啊,'这本推理看不懂第一名'吗,太晦涩了,又不是《元年春之祭》。"

"好了,刚才我说的那些都是开胃菜,接下来的这个伪解答会让你们觉得醍醐灌顶,为什么大家看不到凶手呢?因为——"

委托人和撸撸姐非常期待。

"因为凶手太大了,挡住了大家的视线!"

委托人不停敲自己头顶。"这个游戏到底什么时候结束,我快疯了。"

"够了!这次的伪解答质量太糟糕了,我看还是直接进入真解答时间吧。毕竟,这次的案件真的谜团很多。"撸撸姐已经完全失去了耐心,"不过在解谜之前,我要举一个例子。"

"你……怎么也举例子了？"

"因为我正好想到一个和这个谜面差不多的例子。是这样的，也是有一群之前没有交集的本格推理迷，举办了一个'本格聚会'，其中也有奎因粉、阿婆粉、岛田粉、东野粉之类的，然后有一个人被捅死了，身中数刀。请问，凶手是谁？"

"我知道！凶手是阿婆粉，因为在致敬阿婆的那本经典名作！"助手果然是伪解答的良心，配合得非常好。

撸撸姐很满意地点点头，赞扬道："没错，凶手当然不是阿婆粉，因为阿婆粉都是好人。"

"哪有这么自私的理由！"

"好了，凶手是谁呢？凶手就是除了东野粉之外的所有人，死者是东野粉，其他人每人在东野粉身上戳了一刀！"

"为什么？"

"因为这是一个本格迷的聚会，东野粉混进来干吗？"

助手的眼睛一亮，似乎明白了撸撸姐举这个例子的良苦用心。"我知道了！这次的事件正好相反，是东野粉实施的连环杀人。"

撸撸姐十分紧张。"你这个助手在乱讲什么！你不要害我们的作者掉粉好吗！东野圭吾是我的偶像来着！我举这个例子才不是在影射这次的事件呢！"

"那你举这个例子是为了什么啊？"

"就是为了吐槽一下东野啊。"

"喂！这样还是要掉粉的啊！"

"好了，废话就讲到这里，这个案子虽然谜团很多，好在线索也不少，把这些线索拎出来，其实答案非常明显。"

委托人一直冷静地看热闹，他知道要到最后的决战时刻了。"你倒是说说看。"

撸撸姐朗声道："以下是我觉得有用的线索：一、死者叫小忠。二、八个人的聚会。三、死了四个人，现场没有血迹。四、身中三刀但没死的人是个汉子。五、活着的四个人里有三个痴呆状。六、最后一幕是个'木'字。好了，我所做的不过是剔除干扰项，只留下有用的信息，现在答案非常明显了吧？"

此时委托人脸上的笑容更加阴险了。

"一句话解开所有谜团：你们在玩三国杀！

"小忠是一个'忠臣'，四个死者是反贼，首当其冲被杀死了。剩下两个茫然痴呆的人就是我和助手，助手是我的另一个忠臣，我们都不知道谁是内奸。中了三刀的男人为什么没死？因为他是男人，这个唯一交代了性别的人有四滴血。那为什么凶手不接着捅他了呢？很简单，因为凶手没'杀'了。"撸撸姐盯着委托人，说道，"只有你，对场上所有人的身份都了如指掌，就是你'杀'掉小忠吧，'内奸'？"

"那小忠最后看到的'木'字……"不知道为什么，助手对"木"字梗特别关心。

"那其实不是'木'，而是半个'杀'字！"

只剩一滴血的委托人终于肆无忌惮地开朗地笑了起来。"哈哈你们终于明白过……"

话说到一半，撸撸姐就把他"杀"了。

一局打完，诸位死者站了起来。

是的，大家都没死，这只是本格迷在玩三国杀游戏罢了。

站起来的有奎因粉、岛田粉、行人粉……

大家发现，东野粉再也没有站起来。

超新手小偷闯空门事件

时隔一周,他再次来到这扇门前。

"专治脑残、狗血、八点档、报复社会、怎么又灌水、本格的不良心,及伪解答泛滥。大铁棍子医院,从根源解决你的烦恼。"

一周前贴在这里的小广告还没有被揭掉,看来主人最近都不在家。他微微一笑,环顾左右之后,从随身携带的小盒子中掏出了万能钥匙。

他不是惯犯,事实上这是他第一次出来偷东西。贴广告这个招数是从电影里学来的,而万能钥匙,是网上淘来的。

居然真的管用!

他小心翼翼地进入房间,关上门,观察他的"工作地"。光看房间格局和家里的摆设,他推断不出主人的身份。家里很干净,东西都放得井井有条。这让他的心情愉悦起来。

他把随身携带的小盒子放在茶几上,开始搜索每一个房间的每一个角落。

"咔哒。"

如果没有听错,应该是钥匙开门的声音。如果没有猜错,应该是主人回来了。

虽然这是他第一次偷东西,但在这种情况下,他爆发了强烈的小宇宙,他吓尿了。

下一瞬间,仿佛受人控制一般,他拿起茶几上的盒子,然后打开衣柜,藏了进去。

他刚躲好,门就开了。

接下来会发生什么,他一点头绪都没有,只能听天由命。

不知道过了多久,时间仿佛静止。房间里安静得如同真空。

他深吸一口气,确定外面一丁点声音都没有,才打开衣柜的门,准备逃出这个房间。

走出来的他却赫然发现地上有一具男性的尸体,背上插着一把刀。

尸体周围还聚集着一群蚂蚁……

"这不可能啊!"这是助手听完后的第一反应。

撸撸姐脸都红了,教训道:"这是侦探听完案情后会说的话吗!就算你觉得这个案子很困难,也要装出胸有成竹的样子,微笑点头,然后说:'我已经知道凶手是谁了,但是现在我还不能说。'"

助手好像听懂了,他问:"书里都是这么写的吗?"

撸撸姐一本正经地说:"没错!而且我告诉你,我已经知道这个案子的凶手是谁了!"

助手说:"好的、好的,那我们现在来分析一下吧。"

"喂!你有没有听我说话啊!分析什么啊!我已经知道凶手是谁了啊!"撸撸姐的嗓门越来越大,好像怕对方听不到。

"咦?不是现在还不能说吗?"

"那是在书里啊!这事虽然不是真的发生在现实中,但也不是平面的小说那么简单好吗!"

委托人插嘴了。"那你说说看,凶手是谁?"

撸撸姐喊道:"凶手就是你!委托人!"

助手被这个解答震惊了,他双手抱头,嘴巴大张,作难以置信状。

面对指控,委托人倒不生气,依然友善地问:"为什么啊?"

"很简单,因为这个案子里,嫌疑人只有你一个。"撸撸姐说得理所当然,"那么接下来,我们要做的,就是破解 How——也就是怎么杀的？"

助手开启了伪解答模式。"在我看来，不外乎两种情况，第一、他是单手持刀刺杀死者的。第二、他是双手持刀刺……"

委托人的声音里带着哭腔。"你们再这样闹下去，我还是走吧……"

"好了好了，别哭了，现在开始，我正经给出伪解答。"想不到助手也有安慰人的机会。

只不过听完这话，不知为何，委托人哭得更凶了。

只好撸撸姐来劝了。"委托人你别哭，助手说伪解答很快的，忍一忍就过去了。加油，好吗？"

委托人的哭声停止，助手得意扬扬地开始陈述招牌伪解答。

"这起案件，不外乎两种情况。第一、死者是在外面被杀，然后进了房间。第二、死者是在房间里被杀，然后凶手消失了。好，我们先来讨论第一种情况……咦，撸撸姐你干吗拿三国杀出来？"

"我找一张'无懈可击'。"

"喂！我的解答不至于这么雷好吗！哈哈哈！"明明该生气，助手却笑了起来，这世上也只有他能做到吧。

"好啦，言归正传，第一种情况，他是在外面被杀的。那么他是怎么进来的呢？原来呀，他在外面被人捅了一刀，却没有死透，然后逃回到自己家里，才死了！"

撸撸姐怒容满面。"你怎么可以这样侮辱卡尔[①]？"

助手不在乎地说："当然，如果只是这种程度的伪解答，我的良心放哪里呢？我的伪解答可是号称'突破智力极限'，并且能照顾到所有

[①] 约翰·迪克森·卡尔，美国推理作家，公认的"密室之王"。

伏线哦！为什么他死了还能进来，因为——"

撸撸姐举起了"无懈可击"。

"因为是被蚂蚁搬进来的！"

撸撸姐的"无懈可击"消失了。

"这些蚂蚁是凶手训练的，就是为了这一天！撸撸姐，书上不是说，最不可能的事情，往往就是真相吗？如果是委托人吃的甜食掉到了地上，才引来了蚂蚁，这也太普通了不是吗！"

"但你说的，已经超出不可能的范畴了吧……"

委托人的声音中透露着不耐烦。"我虽然是个小偷，但也是有尊严的。还有别的伪解答吗？能快点说吗？我好累，还有，我不吃甜食，你真是伪解答的良心，随便说什么都是反的……"

"好的！第二种可能性，他是在房间里被杀死的。这太简单了，简直了，凶手杀了他之后，就走了。"

"那为什么我只听到一声开门声，接下来什么声音都没有听到？杀人会这么安静吗？"

"杀人当然不会这么安静，只不过……你，睡着了！"

"你当我缺心眼吗？我当时都吓尿了好吗！"

"对，你没有睡着，所以……杀人其实也可以这么安静呢！"

"喂，你到底有没有谱啊！可以想好了再说吗！"

撸撸姐静静地听着他们的对话，眼里有一道光闪过，好像这番对话激发了她的灵感。用一个很俗的比喻，就好像终于拼上了最后一块拼图。

然而助手的伪解答之旅还没有停止。"再来听听这个解答。"

"不怎么样。"

"我还没说呢！是这样的，你是一个新手小偷嘛，虽说从电影里学了一招半式,还网购了一些道具,但归根到底,你还是一个新手。新手做事,难免紧张,所以……房间里早就躺着一个死人了,你却没看到!为什么门外的小广告没被撕掉,很简单,因为房主早就死了啊。而你,一个小偷,进屋后并没有发现尸体,你是**环视**整个房间,注意房间里的每一个角落,不放过任何一个藏东西的地方,但唯独地板正中间躺着的死人,你没有发现!"

"真的不怎么样。"

自己的助手被瞧不起,撸撸姐当然要为他说两句。"你懂什么,这个解答我觉得挺好的,现在的新本格都这样。"

"还有啊,你看,会不会是这样。"听到撸撸姐在维护自己,助手来劲了,"其实你不是真实去盗窃的,而是在练习!在真正偷盗之前肯定要练练手吧,所以你在自己家门口贴了小广告,想从这一步开始练习。你们想,网上买的万能钥匙真能管用?因为那是他自己家,所以才顺利打开了门。但是,你父亲每次都把小广告揭掉,你为了能专心练习,便杀了自己的父亲。一周之后,终于可以进行下一步了。就算是我这样的神经病也能有逻辑,对不对?"

委托人百无聊赖地说:"你别闹了,我也是看过折原一的……"

"够了!"撸撸姐突然厉声喝道,"篇幅差不多了,又到了揭晓真相的时刻了。谢谢助手,你可以死……不对,闭嘴了!"

委托人声音颤抖地说:"好,那么,来告诉我真相吧!"

撸撸姐说:"真相?这个案子的真相我早就说了,人是你杀的。"

助手纳闷了。"撸撸姐,我倒要为委托人说句话了,我们知道,惯例是谜面中没有谎话,不然就太不公平了,既然如此,那委托人就无法杀人啊。他躲在柜子里呢,出来的时候人已经死了。"

"他什么时候说过自己躲在柜子里?"撸撸姐反问道。

委托人发出了冷笑。"哼,撸撸姐果然很敏锐啊。"

助手却听不懂了。"这……谜面中不是说,听到开门声,于是他藏进了柜子。躲好之后,门开了,不是吗?"

"你注意到没有,他的原话是'拿起茶几上的盒子,**然后打开衣柜,藏了进去**。'然后他换了口气,说'人刚躲好……'。"

"啊!"其实助手没听懂,只是为了效果表示惊讶。

"没错,他打开衣柜,把那个盒子藏了进去!"撸撸姐接着往下说,"而他自己,我猜躲在了门后面,等房子主人一进来,就从背后把他杀了!"

"你这躲门后诡计也没比我的内出血密室高明多少啊,撸撸姐。"助手哭丧着脸。

"委托人确实没有在叙述谜面的过程中骗人,只是没说他杀人的那一段。杀完人,他完全呆了,不知道接下来该怎么办。他在死者身边站了很久,才清醒过来。然后他打开柜子,拿出盒子,逃出房间。"

"那他后来说的'确定外面一丁点声音也没有',指的不是柜子外面,而是……"

"没错,指的是房间外面,确定外面没有人后,他才逃了出去。"

被指控杀人,委托人的声音却很镇定。"撸撸姐,其实你一开始就知道真相了吧,那为什么要等这么久才揭晓呢?难道只是为了让助手先说完伪解答?"

撸撸姐笑了。"不,我从来不会考虑助手,毕竟我是他的主人,只有他迁就我的份。我没有一开始就揭晓谜底,是因为还有一个谜团没有解开,那就是……蚂蚁之谜。"

"那么现在,蚂蚁之谜你也解开了?"

"你和助手对话中的两点提醒了我。一个是你声称自己不吃甜食,第二点是,你在陈述案情时说的一句话,我原本以为只是一个比喻,但后来你又说了一遍,我这才明白,你当时是真的吓尿了。你有糖尿病吧?"

"哈哈哈哈哈!"委托人大笑道,"居然光凭我这番可以说故意刁难人的描述,就把事件还原得这么细致,真是名不虚传啊。那么,多谢款待,我就此告辞了。也许下次,我们还能见面哦。"

"你杀了人还想逃走吗?"助手是一个疾恶如仇的人。

"他已经走了。"撸撸姐平静地说道,"他故意站在门外陈述案情、和我们聊天,就是怕我们最后抓住他。你看我们这通互动都只有委托人的声音怎么怎么样,从来没说过他的表情和动作。只闻其声,不见其人,你又如何抓得到他呢?"

助手打开门。

外面安静得如同真空。

也许是错觉,助手闻到一股甜甜的汗味。

超大恐龙出没事件

从游乐园出来,他看到旁边的一栋房子前聚集着好多人。

怎么比游乐园里面的人还多?

他不是一个喜欢凑热闹的人,但他还没有脱离低级趣味,所以他挤进了人群。

里面有穿着制服的人在拍照,周围拉了警戒线。

地上躺着一具年轻女尸。从他所站的地方——什么都看不到。

不过能从旁边来得早的人的议论中听出个大概。

"听说是摔死的,好可怜,摔得都血肉模糊了。这房子才三层高,摔下来至于这么惨吗?"

"诶?但地上的血貌似不是很多啊。"

"嗨,你们不知道,我来得早。这尸体啊,是在屋顶上被发现的,后来才给搬下来的。"

"屋顶上?我怎么刚听他们说是摔死的啊。"

"是摔死的啊,摔死在屋顶上啊!"

"开什么玩笑,这旁边可没有更高的楼了啊,她是从哪儿摔到屋顶上的啊?"

"我怎么知道……"

他不想再听下去了。警方很快就能给出一个合理的解释,到时候只要刷刷微博就知道是怎么回事了。

他挤出人群,准备回家。经过游乐园门口的时候,看到从里面走出来两个人。

吸引他的不是这两个人的身份,而是他们的对话。

"哎,我跟你说啊,刚刚我在坐摩天轮的时候,看到窗户外面有一个恐龙!"

这句话让他呆了很久,回过神来的时候,那两个人已经走远了。

在摩天轮里看到了恐龙,这代表什么?刚刚一个女人摔死在楼顶,跟恐龙有什么关系吗?

这件事让他很疑惑。但他已经无法再找回刚刚那两人来问个清楚了。

他又想到了另一个人,不管什么搞不懂的事情,听说只要找她,就能得到解答。

"没错!不管什么搞不懂的事情,只要问我,你就再也不想去搞懂了!"助手自信满满地说着。

"这算什么本事啊!"委托人叫了出来,"我对看到恐龙这件事真的耿耿于怀呢,希望能在这里找到合理的解答。"

撸撸姐笑了。"你放心吧,只要来到了这里,不管合理还是不合理的解答,你都能找到。"

"那太好了,所以首先是不合理的解答,对吧?"委托人好像很了解这里的规矩。

撸撸姐用鼓励的眼神看向助手。助手收到信号,开始了他不合理的解答演讲。

"真是的,我们的故事也太良心了,都不灌一下水,说完谜面直接进入解答篇啊。"助手虽在抱怨,听起来却感觉心满意足。

"不,你注意了,你的解答就是在灌水。"撸撸姐安慰道。

助手听完很气愤。"你们太坏啦!"

"现在的推理小说,灌水是相当重要的,所以你的责任重大啊。请开始吧，助手君！"委托人一副特别懂行的样子。

"好，那我就开始灌水啦！"助手清了清嗓子，双手护住左右的脸颊，说道，"这个案子呢，不外乎两种情况。第一，是恐龙干的。第二，不是恐龙干的。"

"灌得好！""啪啪啪！"撸撸姐和委托人情不自禁地鼓起掌来。

"那么第一种情况，是恐龙干的！恐龙把死者抓到了空中，扔下来，所以那人摔死在了屋顶上，其过程恰好被摩天轮里的一个游客目击到了。整件案子有凶手，有犯罪过程，有目击者，严丝合缝，无懈可击。"

"是是是，那第二种情况呢？"委托人问。

"喂！你有没有在听啊？第一种情况已经完美解释了一切细节啊，为什么还要问第二种情况？已经破案啦。"助手的声音越来越小。

"所以你相信这世上真的有恐龙？"委托人感到难以置信。

"是啊！接下来的问题是，恐龙平时都藏在哪里。要我说啊，恐龙根本不用藏，因为你们都不相信有恐龙，所以就算看到，也不会认为它是恐龙。"

"如此充满童趣又形而上的解答，听完感觉就像吃了一个麻辣西瓜。"

听到委托人这么比喻，一直没吭声的撸撸姐忍不住说话了。"你其实不用刻意说这种怪比喻的，直说吧，助手刚刚的解答，就是麻辣戈壁！"

撸撸姐的善解人意让委托人哭出了声。

"好的、好的，第二种情况。"而助手见惯了大场面，不为所动，"根本就没有什么恐龙。那为什么目击者会看到恐龙呢？因为啊，他看到的是游乐园里面的恐龙模型！"

"不，游乐园里并没有那么大的恐龙模型。"委托人马上否定了这个普通得不像是从助手嘴里说出来的解答。

"我说的不是模型哦，而是和人等身大的，比如人套在里面的那种。"

"目击者说他是在摩天轮里看到窗外有恐龙。摩天轮在天上，窗外看出去应该是蓝天白云，怎么会看到等身大或者套在人身上的恐龙？"

"但他并没说摩天轮当时在天上啊，可能是在地上还没有启动的时候看到的呢？"

"不，那个摩天轮，排队等候的地方周围有围栏围着，就算有恐龙经过，也看不到。"

"啊，我知道了！"助手又一惊一乍地叫道，"这里还是个口音诡计！"

撸撸姐和委托人的兴致突然被激起。撸撸姐脱口说出这番话。"是没新梗了吗？居然用这种方式向三津田信三[①]致敬。"

"喂，你怎么可以说三津田没有新梗啊，你把东野放在哪儿？"

"东野不会没新梗，因为他从来都没梗。"

"哇哈哈哈。"撸撸姐和助手相视大笑。

委托人完全傻了。"你们是不是跑题了？我还在等着听是什么口音诡计呢！难道目击者看到的不是恐龙，而是孔融？"

"对不起、对不起，一说到东野，我们总是忍不住多赞美几句。"助手说道，"我说的口音诡计不是和恐龙有关啦，而是那个死者。我一直很在意死者为什么会摔死在三层楼高的楼顶，我想，会不会死者并不是摔死的，而是死于别的原因，毕竟你也都是听路人说的嘛。"

[①]三津田信三，日本推理作家，其作品风格独特，多以古老村庄中发生的怪谈为背景。

"但围观的人信誓旦旦地说是摔死的啊。他们很早就围在周围看了,对尸体的发现情况应该很了解,不会乱说。"

"所以我说是口音诡计嘛。围观群众说的不是'摔死',而是'帅死'。第一次看到命案现场,很多三观不正的小青年可能会说'哎呀,你看他,帅死了!'。"

"我先不说你硬凑一个口音诡计的伪解答听起来多么离谱,我就问你,死者是在三楼楼顶被发现的,旁边没有任何东西,且死者血肉模糊,整个楼顶就好像一面日本国旗,只有中间有一团红色。如果死于别的原因,那是什么原因让他死成这样的呢?靠人力能把人打成血泥?"

"唔……凶手费了很大的劲嘛……"

"我跟你说话也费了很大的劲啊!"

看到委托人的脾气有点上来了,撸撸姐及时插嘴道:"助手,我希望以后你别拿口音诡计来做伪解答,你这是在逼我创作新的诡计啊!既然委托人这么好奇恐龙的问题,我就提一个问题,你们相信在人类出现之前,恐龙曾经是地球的主人吗?"

"相信啊,不是科学发现有恐龙生活过的痕迹吗?"助手说。

"那我再问你们,在很久以后的某天,人类早已经灭亡。之后地球的主人,管它是什么动物,在废墟中找到了一盘录像带,打开一看,是高速公路的监控录像,他们能从这个录像中了解这里曾有人类生活吗?"

"可以呀,不是一看就明白了吗?"

"不!他们看不到一个人,他们看到的都是车!"撸撸姐严肃地说道,"然后,他们会得出一个结论,之前确实有一种生物统治着地球,这种生物长相扁平,有四个轮子。"

"啊！"助手被这个结论震住了，"所以，我们看到的恐龙，可能也是……"

"没错，可能只是高等生物的交通工具而已。"

委托人小心翼翼地发表感想。"这个猜想蛮……有意思的，但是我想问一下，和这个案子有什么联系吗？"

"我知道！"助手学会了抢答，"撸撸姐的意思是，目击者看到的恐龙，也许是交通工具，可能是……飞在天上的气球！啊，那个什么，热气球！然后死者正好坐在上面，热气球发生了故障，死者掉了下来，摔死在了楼顶上。这个解答太合理了！"

"但当时天空中并没有热气球……"

"其实，我说这个例子的用意……"撸撸姐悠悠说道，"就是**想让你说这句话呢。**"

"咦，就是想让他来反驳我吗，撸撸姐？"助手还在犯傻，不明白眼前的情况。

"其实这个委托人一直让我觉得很奇怪，他目击或者说听说了两件事情。"撸撸姐把助手推开，站起身，徐徐道出真解答，"第一件事，一个女人摔死在屋顶上。第二件事，有个从游乐园出来的人说看到了恐龙。对正常人来说，这两件事情中肯定是前者更重要，但委托人来这里之后开口闭口问的都是恐龙的事情。"

撸撸姐指了指助手。"助手的思路是属于正常人的——抱歉，因为没有别人了，我只能说你是正常人，请你别放在心上。"

"我会把这份表扬牢牢记在心里的！"助手笑着回应。

"助手的思路是，想要先找出女人摔死在屋顶的真相，所以他在顺着委托人的思路聊了一会儿恐龙之后，不自觉地说了口音诡计，想解开'摔死'案。而委托人以为他还在聊恐龙孔融什么的。这个不合情理之处一直让我很在意，我能想到的唯一的理由是，委托人已经知道摔死案的真相了。"

"我只是从小对恐龙比较感兴趣而已，摔死、撞死、捅死什么的，天天发生，我不 care。"

"但这是一个很离奇的案件啊，怎么能不 care？就像有些读者看完了《萤》之后说那个诡计我不 care，这不是在为自己的愚蠢辩解吗！"

助手提醒道："喂，撸撸姐，你怎么又跑题了，你这样说会掉粉的。"

撸撸姐正义凛然地说道："我掉什么粉，我从来不化妆，脸一直粉嫩嫩、红扑扑的，天生自带精致妆容，不怕掉粉！"

"说的不是化妆的粉啦……"

"然后我又注意到你否定助手的几个猜测时，用的都是事实。"撸撸姐继续说道。

"用事实否定猜测，这有什么不对吗？"委托人纳闷。

"很对，非常对。但对于一个未知的真相，猜测才更恰当，说太多事实，表明你知道很多不该知道的信息。比如你说摩天轮前排队的地方有围栏围着……"

"这个坐过摩天轮的都知道吧。"

"那房顶周围什么都没有，只有尸体和一摊血，好像日本国旗——这个恐怕就不会有太多人知道了吧。"撸撸姐说，"在你的叙述中，你进入现场周围时，尸体已经被抬下来了，那你又是如何得知楼顶的情况的呢？而且，即便站在楼顶亲眼看到过尸体，一般人也不会联想到'日本国旗'，除非……"

"除非你曾在空中**俯瞰现场**！"助手喊道。

"我之所以会这么想,是因为……我很会联想。"

"你这么说就没意思了,明显是在强词夺理。那我再说一条吧,最后我举完那个例子,助手很自然地说恐龙是热气球,然后热气球坏了,女人掉下来摔死。这是一通很完美的推理,真的,我都不敢相信助手能说出这种解答,就已知的情况,根本无法推翻这个结论……除了……它是助手说的。"

"喂,因为是我说的,所以肯定是伪解答吗?"

"是的,要让我来推翻,我就会用这个理由。但委托人不是,委托人用了更具体的一句话,他说当时天空中没有热气球。游乐园里面有个热气球、空中飞过个广告横幅什么的,相当正常,一般人不会这么斩钉截铁地否定。而且站在地面的人,不大会注意天空中飞过了什么。"

"你这也是主观猜测啊。"

"不,你说的那句话中有个致命之处,两个字——当时!"撸撸姐的语气很严肃,"你说当时没有热气球。'当时'是什么时候?你怎么知道命案发生的'当时'是什么时候?!你到现场的时候,尸体已经被抬下了楼,知道事件发生时间的,只有凶手本人。"

委托人似乎还想争辩,但他没说出一句话。

"想想看,你一个年轻小伙子,会一个人跑去游乐园玩吗?大概是和女生约会吧。你从头到尾都没说起你的同伴,依我看,就是那位死者吧!"

委托人哈哈哈仰天大笑,像是放松了,不想再争辩什么了。

"撸撸姐果然有两手!"

"我也有两只手啊……"助手还在不分场合地说着冷笑话。

"我和她是在网上认识的。"

助手突然打断委托人。"是在哪个网上呀，我也想认——"

"啪！"撸撸姐不由分说地扇了助手一耳光。

"哪个网我就不告诉你们了，说出来怕教坏小朋友，反正是她先给我发豆邮——那个……发私信的。我没说哪个网站啊！那个丑女人……算了，我就不做太多凶手自白了，不要搞得太本格。"

"是的，不要多占篇幅了，说到底我们这只是一本笑话书。"助手感谢委托人的体谅。

"不过撸撸姐，你推理出来的都是我已经知道的事情，但我来找你的初衷，是想知道目击者看到的恐龙到底是什么啊？当时我也在摩天轮上，并没有看到什么恐龙啊，一片晴空。"

"那个人目击到的，我想是掉下去的死者。"

"那为什么会说是恐龙……"

"你刚刚也说了，死者是个丑女人……而且，目击者说的是一'个'恐龙，不是一'只'恐龙。"

"丑女人……恐龙……天哪，原来我被一个网民整了啊！"

"其实就是很普通的一句话，你之所以会好奇，我觉得不是因为'恐龙'，而是因为'摩天轮'三个字。你刚在那里犯下一桩罪行，正想着不知是否万无一失时，突然听到一个人说起摩天轮，而且还是你所不知道的情况，自然非常困扰。"

"我为了这个小小的困扰来找了撸撸姐你，结果把犯下的罪行不小心说漏了。"

撸撸姐意味深长地说："你放心，我不会举报你的。说实话，我经常跟罪犯打交道，还有一些罪犯是我的朋友。你是怎么行凶的、为什么要行凶，其实我都不关心，我只是喜欢玩推理游戏，听听助手的伪解答——这是我无聊生活仅有的消遣。如果你真是一个穷凶极恶的罪犯，我相信，在你走出这扇门之后，自然会有老天来惩罚你。"

"那若是我不放心，杀了你灭口呢？"

撸撸姐闭上了眼睛，不再说话，像是进入了休息状态。

"不是只有你一个委托人不放心撸撸姐，"助手嬉皮笑脸地说道，"但后来，他们更不放心的……是我。"

委托人好像听懂了。他没再多说，起身出了门。

委托人走在离撸撸姐侦探事务所不远的一条街上，突然，他被一只恐龙叼走了。

某人正传3——解答何必十种

不知怎么想的，和网友去度假山庄聚会，居然……还带男朋友？我裤子都脱了你说你带男朋友来了？！小A有点恼怒地这么想着。

小A、大D、B子三个人认识还不到一年，因为同在一个二次元爱好者圈子里，他们一直很聊得来。尤其难能可贵的是，三个人的网名都是一个英文字母，这种莫名其妙的缘分将他们更加紧密地团结在了一起。不过他们对各自的现实生活状况知之甚少，也就停留在知道对方叫什么名字的阶段吧。

"见个面吧，正好这家度假山庄打折，咱们去体验一下暴风雪山庄.avi如何？"事情的起因是大D发了一个团购的链接，三个人当下一拍即合，约好了时间。

B子答应得也很爽快，这多少让小A和大D有点惊讶。于是他们幻想着，B子是一个开放的姑娘。

直到B子指着一起来的男生跟他们说："这是我男朋友。"小A和大D突然觉得暴风雪山庄里出现了第一章就要死的人。

关键是这个男朋友平时不爱上网，跟他们三个根本聊不到一起，对小A和大D打了个招呼、点了点头后，就不再说话了。

三个网友虽然有很多话可聊，但旁边毕竟还有一个大男人，没平时那么放松。加上一路奔波，抵达山庄时已是晚上，都很累了。于是大家决定今晚先好好休息，明天再玩！

B子和她男朋友很自然地走进了同一个房间。

小A和大D分别走进自己的房间。

和所有以"××山庄"为标题的本格推理小说一样，第二天早上，有一个人没有走出房门。

大D所在的房间房门虚掩，小A率先走了进去，发现大D趴在地上，头被什么东西砸破了。

地板上溅到了一些血迹，但被抹了一下。大D沾满血的右手手边，有一部手机。

他是想用手机呼救的吧……但是……为什么把地上的血给抹了？

"什么，这就完了吗？好歹也是个暴风雪山庄啊，不写上二十万字怎么对得起死者！"男孩似乎对谜面的篇幅不太满意。

"醒醒好吗！这是我临时想出来的谜面，你当我是二阶堂黎人①吗？"女孩说道。

男孩看起来有点纳闷，歪着头问："什么二阶堂？拳皇②吗？"

"你别管这些啦！"男孩对推理小说一无所知，这让女孩有点不开心，"你需要做的不是问东问西，而是像刚才解开隔壁妻子对空气说话之谜那样，告诉我为什么。为什么现场的血迹被擦掉了？以及凶手是谁？"

听到女孩抛出这两个问题，男孩收敛痴呆的表情，转而兴奋地说："这个问题很简单，死者已经死了，对不对？"

女孩怔了一下，仿佛没听懂。"死者……想必是死了吧……难道你想说他还活在我们心里？"

男孩得意地笑了。"因为他是死者，死了，所以血不是他擦掉的！多么简单的三段论呀！"

---

①二阶堂黎人，日本推理作家，代表作《恐怖的人狼城》是目前世界上篇幅最长的推理小说。
②二阶堂红丸是《拳皇》中头发最长的男性人物。

"你以为一句话分三句说就是三段论吗……松尾芭蕉要哭了！"

"由此可以得出的结论是——血迹是凶手擦的。那么凶手为什么要擦掉现场的血迹呢？"

"你认为理由是？"

"接下来就是我的解答时刻，请听好了！"男孩的目光变得炯炯有神，心想这一次可不能再像上次那样轻易地说出真解答，"这个谜团，有十种情况！"

女孩愣了一会儿，说："好的，那你直接说第十种情况吧。"

"喂！怎么可以，得一个一个说吧！"男孩急得快哭了。

"一般来说，有几种情况的，最后一种才是真解答吧。小说里都是这么写的。所以不要浪费时间了，说吧，最后一种情况是什么？"

"我用的是穷举推理法啦，这种推理法的缺点是，我自己也不知道真解答在不在里面……"

"什么，十种情况都没有真解答，这么厉害啊你……那这个推理法的优点是什么呢？"

"灌水……"男孩小心翼翼地说。

"了不起！"女孩打心底里佩服眼前的男孩，虽然他不懂本格，但有新本格的天赋。

"好了，言归正传，我这就开始说第一种情况了！"男孩提高音调说道，"凶手把现场的血迹擦掉，第一种原因是，血迹沾在凶手身上了！为了不暴露身份，凶手用死者的手把自己身上的血擦掉了。"

"很普通的解答，不过不对哟。"女孩说道，"第一，血迹就算擦了，身上还是会留下痕迹，所以擦的意义不大。第二，谜面中说得很清楚，是地板上的血迹被抹了一下，还留有痕迹呢。"

"好的，排除了一个。那么来说第二种情况。"男孩面不改色地继续往下说,好像他早就知道第一种情况会被排除一样,"地板上的血是凶手留下的,所以必须把它擦掉!"

"也不对哦,因为没有人受伤。如果凶手负伤了,警察直接就破案啦。"

"不,流血不等于负伤!也有可能是凶手的……经血!现场只有一个女性,凶手就是B子!什么,有人写过这种解答了吗……不,她不在生理期吗?那就是鼻血啊!什么……又有人写过了吗?你怎么看过那么多乱七八糟的书。"

"什么乱七八糟,都是大师之作!"女孩嫌弃地说,"先不说有没有人写过的问题。如果是凶手的血,那凶手自己擦掉就好了,为什么还要用死者的手去擦呢?这样血不是还留在现场吗?"

"好,那么来看第三种情况。因为地板上的血迹是死者的死前留言,凶手看到了,就把它擦了!"

"你是说,死者当着凶手的面写下死前留言,凶手还极有耐心地等他写完,之后再把留言擦了,然后等死者安心地咽气……这么耐心吗!"

"听听第四种情况吧,这个厉害了!"不知道为什么,男孩从来不反驳,解答被否定后,就紧接着抛出下一个解答,"因为血迹盖住了地板上的某样东西,所以凶手要把血迹擦掉!"

"不得不说,这个解答还是蛮厉害的。你举个例子吧,比如盖住了什么?"

"比如……"男孩沉思良久,终于一拍脑袋,说,"我们说说第五种情况吧!"

"我发现你根本就没动过脑子,纯粹都是胡思乱想!你不会是想拖延时间吧?"女孩终于发现了男孩的目的。

"第五种，因为死者的血糖浓度比较高，凶手怕招来蚂蚁……"

"高血糖、糖尿病什么的……作为真解答真的太蠢了，物理化学诡计都满足不了你，要给我整生物诡计了吗？不过思路挺好的，够扯，可惜这里用不上，因为有蚂蚁也无所谓，反正是度假山庄，又不是自己家。"

"你再来听听第六种，是为了伪造第二现场！"

"伪造第二现场？"

"没错！"男孩居然开始认真解释这一种解答了，"凶手本来想杀完人之后把尸体运出房间，从山崖上扔下去，造成意外摔死的假象。那么，房间里的血迹就要清理干净！"

"这个解答听起来比高血糖靠谱，但同样也不适用于这起事件。"女孩说道，"第一，事实证明凶手并不想这么做。因为案发之后过了一段时间尸体才被发现，凶手如果想伪造现场的话，完全可以办到。第二，伪造现场也不会用死者的手去擦拭血迹，一般会先把尸体处理掉，再回来清理现场。和尸体待的时间越久就越危险，这是常识。"

"虽然我听不懂你在说什么，但是你说服我了。接下来让我说说第七种解答。"

"好的，保罗[①]。"

"什么保罗，你又在讲我听不懂的话了。"

"是的，我在炫学。"

"救命，你现在的身份是委托人，哪有委托人对着侦探炫学的！"

"说明你这侦探还不如委托人呢。"

[①] 指保罗·霍尔特，法国推理作家，代表作为《第七重解答》。

"推理这种杂事，让委托人代劳就好了——我也是看过一些日剧①的。第七种解答，听好了……呃……让我回忆一下……"

"喂！"

"都怪你，算了，反正肯定是伪解答，我直接跳到第八种吧。"

女孩惊呆了。虽然读过很多推理小说，但这种跳过一个解答的情况她可从来没遇到过。

"第八种——别打岔了啊，第八种情况是……很好，没忘记。凶手想用血迹遮盖死者手上的痕迹！怎么样，切入点很厉害吧，其实和血无关，随便什么都行，只要能遮住死者手上的信息！"

"很棒的切入点，那死者手上有什么呢？"

"凶手在和死者搏斗的过程中，让死者的手沾到了某个东西，而这个东西可以指证出凶手的身份！也许是粉底？口红？"

"很遗憾，这种情况也不适用。"女孩再次否定，"死者是被钝器砸中脑袋、趴在地上死的。没有搏斗，一招秒了。"

"看来只能是第九种情况了。"男孩十分兴奋，不了解状况的人可能会误以为他离真解答越来越近了，"凶手有洁癖！好的，不适用，我知道。"

"喂，这个根本就不是不适用，而是无论什么案子都不可能适用吧！有洁癖，直接一抹就干净了吗？还是很脏啊！真的有洁癖应该把地拖了！"听了这么多乱七八糟的解答，女孩有点生气了。

"好的，终于到第十种情况了！"

"好开心。"女孩不禁鼓起掌来，"请快点说第十种情况！"

"第十种情况就是……尸体痉挛！"

---

① 出自《贵族侦探》，根据麻耶雄嵩同名短篇集改编的日剧，主人公是一位有钱有势的公子，他认为推理这种杂事，交给用人、管家代劳就好了。

"你脑子痉挛了吧!"男孩刚说完,女孩就骂道,"不过谢天谢地,你的十种伪解答终于讲完了,我终于可以说出真解答啦。"

"什么!你知道真解答吗?"

"是啊。"

"那你是在玩我吗?"

"是啊。"

"噗!"这种时候,男孩居然忍不住笑了。

"凶手为什么要擦掉血迹?其实你的出发点就错了。爱因斯坦曾经说过:前提不成立,推理全没用——莫言。"女孩自顾自地说了起来。

"那是为什么呀?"男孩也不觉得没面子,很自然地当起了捧哏。

"真相是——凶手没有擦掉血迹,擦掉血迹的是死者!"

"死者不是死了吗?"

"临死之前擦的啊。"

"我的天哪,一道闪电。原来真相这么有冲击力!"男孩回过神来,"不对啊,那问题还是一样的,死者为什么要擦掉血迹呢?你也有十种情况吗?"

男孩巴不得女孩有一百种情况,好让这场侦探游戏可以玩得更久一点。

"不,真相只有一个。死者为什么要擦掉血迹?因为这些血迹是**凶手留下来的死前留言**!"

"等、等等……凶手为什么要留下死前留言,这难道不是死者的权利吗?"

"假的死前留言啊,为了诬陷人!你懂不懂啊?"

"我有个问题,既然死者看到了假的死前留言,且有能力擦掉,那他为什么不干脆写个真的死前留言呢?这样还能指认真凶呢。"

"因为死者没有看到真凶啊。"

"啊?"

"死者手边有个手机,你会觉得可以打电话给谁对吧。但其实打电话还要等对方接,当时是晚上,对方还不一定接,接了之后还要跟对方描述状况,很费时间的。当时死者已在濒死状态,与其做这些,还不如直接写下死前留言简单直接。所以那部手机不是用来呼救的。想想,手机还有什么功能?"

"我知道了!"男孩眼睛一亮,"玩游戏!"

"你是有多大的瘾!"

"那是干什么的啊?"

"手机最简单的功能,不是打电话,不是发短信,而是看时间和……"委托人故意顿了一下,"照明!案发是在晚上,死者趴在地上,可以推测是背对凶手时遭到突袭。房间里没亮灯,房门虚掩,让凶手有悄悄潜入的机会。等死者发觉的时候,已经来不及了,他遭到了袭击,但他倒下后没有当场死亡。他隐约感觉到凶手用自己的血在地板上写了些什么,随后,凶手走掉了。"

男孩呆呆地听着。

"他并不知道袭击他的是谁,也不知道凶手在黑暗中留下了什么血字可供研究。于是他努力掏出手机,打开照明,看到了凶手在黑暗中写下的歪歪扭扭但清晰可辨的假留言,知道凶手想嫁祸给某个人!于是,在失去意识之前,他做了最后一件事,那就是把血迹擦掉。"

"所以说了这么多,把血迹擦掉的理由就是不让警方被凶手误导吗?好像很简单啊。"男孩这时有点理解伪解答比真解答还要好是什么感受了。

"这个理由确实简单,但我还能进一步告诉你凶手留下的假留言是什么，以及，**真凶是谁。**"

"啊？能做到这种程度？"

"其实也很简单，只要理出前提条件，剩下的就是小学生都会的排除法。"

"什么前提条件？"

"通过谜面我们可以归纳出来的前提条件就是——小A、大D、B子三个人是网友，他们虽然知道彼此的真名，但更习惯以网名称呼。而B子的男朋友从头到尾都没怎么和他们交流，可以推测他不知道小A和大D的名字，甚至网名。反之，小A和大D也很可能不知道B子的男朋友的名字。而因为他不太上网，所以他可能都不知道女朋友B子的网名，只知道真名。

"在此前提下，让我们来挨个检验。一共有四个人，A、B、D、男朋友。死者是大D，这你还记得吧？如果凶手留下的假留言是'A'，则死者可以推断出凶手是B子，因为男朋友不知道'小A'这个网名。那死者在擦掉假留言后，正如你所说，完全可以写上真凶'B子'的名字。但他没写，所以，假留言不是'A'，凶手也不是B子。跟得上吗？"

"跟得上，这个节奏不错，接着甩！"

"如果假留言是'B'，则死者可以推断出凶手是小A，因为B子的男朋友不会叫她B子，而是叫真名。同理，死者可以擦掉假留言，留下真凶A的名字。他没有留，说明假留言也不是B，凶手也不是小A。

"如果假留言是B子男朋友的名字。死者看到这个名字，就算不认识，也可以推断出是谁。而知道这个名字的只有B子一个人，B子是真凶，死者可以写下名字。他没有写，所以，假留言写的也不是B子男朋友的名字。

"如果假留言是小A的真名呢？不可能。刚刚说过了，因为B子习惯叫他小A，而男朋友根本不知道这个网名。所以，没人会留下小A的真名作为死亡留言。

"最后，如果假留言是B子的真名呢？凶手是小A的话，会直接留下B，而非真名。只有B子的男朋友会留真名，凶手就是B子的男朋友。死者判断出来后，擦掉假留言'B子的真名'，想留下真凶的名字，这时候却发现……没错，他不知道B子的男朋友叫什么。

"清楚了吗？因为要跟你解释清楚我才说了这么多，知道死者为什么擦掉假留言之后没有留下真凶的名字吗？"

"因为他知道真凶是谁，但**不知道真凶的名字**！"

"答对了！真名和网名都不知道，而这恰恰是另一种死前留言！"

"你的想象力好像很厉害的样子。"

"喂，不是想象的啦！是推理！"女孩反驳道，"我说，你的伪解答太多啦！虽然……还挺有趣的。"

男孩羞红了脸。

"啊，是吗，你觉得有趣吗……其实都是我临时编的，就是为了能和……"

"谜面和真解答也是我临时编的呀！对了，说到伪解答，我这里有个有趣的东西。"

女孩站起身，走到书桌前，拉开抽屉，小心翼翼地从里面拿出一本薄薄的书。

"《撸撸姐的超本格事件簿》？"男孩接过书，纳闷地看着女孩，问道，"没有出版社，没有定价，这是哪里买的书啊？"

"这些你先别管，接下来我们玩最后一个破案游戏。"女孩的口气变得非常严肃，"谜面，**就是这本书。**"

超长伏线硬要回收事件(下)

截至目前，撸撸姐破过的、有公开记录的案件，已经高达十三件！也在全国聚集了一匹撸撸姐的粉丝。

——是的，你没看错，只有一匹。

也就是说，没有人是撸撸姐的粉丝！

虽然撸撸姐能力出众，但知名度不高，这也情有可原——因为她只是一个传说。她的故事只流传在特定地区的部分人心中，连她的传记都是私印的。

但不可否认的是，不少人受到了她的恩惠。其中最明显的，当属之前十三起案件的委托人。

在一个风和日丽、阳光明媚的午后，这十三位委托人欢聚一堂，以纪念撸撸姐为由组织了一个聚会。

十三位委托人团购了一个度假山庄"一夜游"。度假山庄建在一座孤岛上，很适合发生无人生还这类事件。

首先简单介绍一下之前十三起事件中的委托人的近况。不知道大家还记不记得，其中《超大恐龙出没事件》的委托人，在故事最后被恐龙叼走了，至今下落不明。

而在《超本格杀人事件》中大放异彩、被世人称为"谜之死前留言始作俑者"的林先生，也在《超不本格杀人事件》中被本格迷烧死了。

十三减二，这次的故事就在剩下的这些委托人之中展开。

※ ※ ※

"所以我们今天玩狼人杀！"说话的正是对桌游再熟悉不过的"桌游男"，此人在《超玩命本格迷聚会事件》中因玩三国杀而为人所知。但那之后他便再也不想玩要靠运气的三国杀了，转而玩起狼人杀。理由很简单，在狼人杀游戏中，他可以扮演全知全能的上帝，这样他就不会被杀了。

"好呀，最喜欢这种推理类的游戏啦。"《超纯洁初恋失踪事件》的委托人"未婚妻"开心地说道，"我们以前也玩过的，对吧，是在一次签售会上，三大推理作家都来了。"

"是的、是的，当时那位老兄也在，我们玩得可开心了！""桌游男"看向坐在桌子对面的"保安"。

"保安"是《超不本格杀人事件》中的委托人，他同样没有以真名来参加这次聚会，介绍自己的时候他只说了一句："首先说的身份，是保安。"

"这么说你们三个已经见过了啊，我却到现在都还没见过你们。"如此富有自嘲精神的，是《超监视偷窃事件》中的委托人"瞎老头"。他因为身体原因，即便坐在这个其乐融融的聚会中心，依然无法看到小伙伴们的真面目。

"哈哈哈，你则样蛮好，待会儿就不用闭眼睛了！"说句极不标准的普通话，不用说，就是出自《超短时间烂掉了事件》中的"小四川老板"之口。

"对了，等一下天黑请闭眼之后我怎么办啊？"老年妇女周太太问道，"看过《超危险掉下楼事件》的都知道，我的耳朵不好，只能靠读唇语来理解你们在说什么。要是闭上眼睛了，我就不知道什么时候睁开啦。"

一旁的男子窃笑道："正好，你们都闭上眼睛之后我就能偷东西了！"

不用说，他就是《超新手小偷闯空门事件》中的"新手小偷"。

"啊！讨厌，不许在人家闭眼睛的时候翻我的包包！"《超童谣模仿事件》中的小彤是个少女，很看重自己随身携带的包包。

"包包是什么？可以吃吗？"说这句话的人并非在卖萌，他是真的不知道。因为他是从清朝穿越过来的。看过《超长伏线硬要回收事件（上）》的读者应该对这个"清朝人"还有印象。

"那我也再来介绍一下自己，虽然大家已经认识我了。"一个长相就很蠢的人说道，"我是助手，我在《超速消失事件》中通过时光隧道穿越而来。"

助手的这句话在现场引发了一阵骚动，也许是因为他是撸撸姐亲近之人的缘故吧。

"自我介绍得差不多了，我们赶紧玩吧。零点之前结束！"这番话是从一个女人的嘴里说出来的，她的真实身份是"辛德瑞拉"，一过午夜零点她就会消失不见。在《超恶魔作祟事件》中，她用自己的故事去吓唬撸撸姐，结果被助手冗长的伪解答拖到了午夜零点。所以她一直不太喜欢助手这个人。

"好的，既然大家都自我介绍完毕了。那么——""桌游男"扮演上帝，"天黑请闭眼！"

于是，十个人的"狼人杀"开始了。

"就……就完了？"

三人中，助手率先打破了沉默。"不对啊，这次没谜面吗？"

委托人没有回应，而是问撸撸姐："撸撸姐，你的助手智商越来越低了吗？以前是猜不中真解答，现在连谜面都看不出来了？"

听到别人这么嘲讽自己的助手，撸撸姐当然要反驳，她义正词严地说道："你这是什么话！他有智商吗？"

"哈哈哈，"助手捧着脸开心地笑了起来，"我就知道你会这么说。"

"好后悔，早知道不说了。"被助手猜中台词，撸撸姐的脸色很难看。

委托人急迫地说："我们言归正传吧，真的没看出来谜面吗？"

"没有！"撸撸姐和助手异口同声地说。

"靠，好后悔。"撸撸姐又一次撇嘴道。

"那我来解释一下吧。"委托人很不情愿地说道，"谜面中说，十三个委托人聚会，其中林先生被烧死，恐龙男被恐龙叼走。所以十三减二，应该有十一个人参加。"

撸撸姐和助手耐心地听着。

"谜面中也把这十一个人的名字列出来了，他们分别是：桌游男、未婚妻、保安、瞎老头、小四川老板、周太太、新手小偷、小彤、清朝人、未来助手、辛德瑞拉。但是，在最后，却说'十个人的杀人游戏'，为什么少了一个人？"

"哦……原来谜面是这么一回事呀。"助手恍然大悟。

为了不和助手说出同样的话，撸撸姐这一次特意等助手说完，隔了几分钟，才说道："哦哦哦，你把谜面解释完了是吧？好的，助手你随便说两个伪解答吧。"

"如此奇妙的谜面，你们居然这么敷衍，还要说伪解答，都快半夜了好吗！我还要回家睡觉呢！"委托人忍不住埋怨。

"嗨嗨嗨嗨嗨，"助手却很兴奋，"请你耐心听完我的伪解答吧！为什么现场少了一个人呢？这个不外乎两种情况！"

委托人只好无奈地听下去。

"第一种情况,闭眼睛的时候有人不见了!第二种情况,闭眼睛的时候没有人不见!"

"好!鼓掌!"撸撸姐赞道,"不愧是助手,无论多么稀奇古怪的谜面都能完美归类啊!"

"谢谢夸奖。"助手好像舞台上的女演员谢幕一般,双手拉起并不存在的裙摆,微微曲了一下膝盖。

看到这么恶心的一幕,委托人差点儿吐了出来。

撸撸姐则已习以为常。

"先来说说第一种情况!"助手用清亮的声音说道,"闭眼睛的时候有人不见了!怎么不见的呢?因为呀,过午夜零点了!还记得吗?十一人中有辛德瑞拉,一过午夜零点,她就会自动消失。这个诡计真是集设定、叙诡、机械圈套、心理盲点于一体呀!"

"你看,我说他是伪解答的良心吧,一个出现了鬼的解答都能编出这么多本格元素来,这种特立独行的无耻作风特别有推理作家的风范。"撸撸姐对委托人说。

"确实有道理,老师。"委托人转向助手,"但是,当时没到午夜零点呢,所以辛德瑞拉不会消失哦。"

"嗯,确实,这样想就太简单了。但现场还有一个人,不用过午夜零点也会消失,那就是——清朝人!他又穿越了!"

"这个解答比刚刚那个复杂点了吗?"委托人苦着脸问。

"来,吃糖!"撸撸姐看到委托人一脸苦相,及时送上安慰和鼓励。

委托人拿了一颗糖,剥开、丢进嘴巴,这才恢复了生气。

"我知道啦!有个人听到'凶手请杀人'后,害怕地躲到了桌子下面!所以场上只剩十个人了!"助手得意扬扬地说出新的伪解答。

撸撸姐眼前一亮,赞赏道:"很超本格。消失的人也知道了,就是

'未来助手'嘛，除了你还有谁会干这种傻事？"

"我觉得……未来助手也不会吧……"委托人举手示意，"人……总会长大的……这么幼稚的事情……"

"啊啊，哈哈哈，是是是，我肯定不会做的啦！接下来说第二种情况。"助手自己否定了自己刚刚提出的伪解答，"人还在。那为什么会说是十个人呢？因为啊……数错了！数数的人是个盲人！"

"好歹也是曾经的委托人，不用在这里黑那个瞎老头吧。"委托人有点看不下去了。

还是撸撸姐打了圆场。"谜面信息一般是不会故意骗读者的，否则还有什么意思？一开始告诉你说十，最后说啊对不起看错了，是十一，这么写推理小说的也只有那个谁了好吗！"

"嗯，那就是这样，其实数数没问题，只不过在叙述上有误导。怎么样，是不是有我孙子的感觉？"助手一脸贱样。

"噗！武丸①很萌的，你别黑他！"虽然嘴上这么说，委托人还是忍不住贱笑了起来。

"比如十个人的说法是没错，因为在场的是十个人加一个恶魔呀！"

"咚……"

正好说到恶魔时，午夜零点的钟声敲响了。委托人本来还想接着跟助手调笑下去，这时候也坐不住了。

"撸撸姐，零点的钟声都敲响了，咱们还是快点进入真解答吧。我年纪也不小了，想早点睡！"

"好！虽然这次的伪解答不够过瘾，但我觉得再让助手强撑下去

---

① 我孙子武丸：日本推理作家，风格多变，青春、幽默、传统、暗黑皆（自认为）能驾驭，且诡计十分大胆。

占篇幅也很没意思，毕竟我才是主角。"撸撸姐突然莫名其妙地抱怨起来，"作为主角，平时居然只是插插话，要么打断助手的伪解答，要么打断他的狗腿，有时候我都觉得自己是配角！每次说真解答也只留给我一小块篇幅……"

"喂……撸撸姐你怎么突然……"委托人有些措手不及。

助手也慌了，着急地原地转起圈来。

"我又没扇你巴掌，你转什么转！"撸撸姐及时调整自己的情绪，"好了，每个角色都有自己的使命，我也早有所悟了，这次的使命和以往一样，虽然篇幅不长，但我要告诉你真相！"

"好好，我洗耳恭听！"委托人被撸撸姐的气势震住了。

"为什么现场是十个人呢？真相很简单，因为——本来就只有十个人！"

"啊？"委托人呆住了。

撸撸姐又说道："我一开始说没有谜团，也是出于这个理由。因为本来就是十个人，所以说十个人玩狼人杀，一点问题都没有啊。不知道你要来咨询我什么，你这个愚蠢的委托人！"

"大逆不道，大逆不道，哪有侦探骂委托人的！还要不要委托金了？"

不过委托人转念一想，确实从来没给过委托金。

委托人的气渐渐消了，但还有诸多疑问。

"不对啊撸撸姐，你看，现场有十一个人，对吧？我也列过名单了，有桌游男、未婚妻——"

"够了！闭嘴！"就连助手都开始骂委托人了！

"丧心病狂，丧心病狂，哪有助手骂委托人的！你自己也没好到哪儿去！撸撸姐骂我也就算了，凭什么你也骂我啊！你知道真相吗？每次就只会提出伪解答,还不是都靠撸撸姐?!"

"是,我是每次都靠撸撸姐才知道真相。但这次不是。"助手平静地说道,"这次的事件,我知道真相。"

"什么?"

"助手说得没错,委托人,你听好了。现在,我想向你介绍一下我的助手,"撸撸姐缓缓说出三个字,"林先生。"

听完这句话,委托人明显感觉智商不够用了。"可是,可是林先生不是已经……"

"死了,对吗?"撸撸姐冷笑一声。

"对啊,《超不本格杀人事件》中记载得清清楚楚,林先生被保安困在密室中,然后被自己的怒火烧死了……"

"你真的相信怒火能烧死人?你当撸撸姐是一部动画片吗?"

"喂,别把话说得那么绝,"助手提醒道,"保不齐以后真的会出动画片呢……"

"闭嘴!动画片什么的……对不起我收回刚刚那句话!"撸撸姐喝道,"这位委托人,你没有看懂《超不本格杀人事件》的结局吧?"

"啊……"委托人努力回忆着,"我记得结局是委托人走了,然后助手又觉得他很眼熟……"

"是啊!这么简单的调包诡计都看不出来?其实当时的委托人就是林先生,而那起案件真正的死者是保安。死者,也就是保安,留下死前留言'木'。很简单,他就是想指证林先生。"

"但……保安是怎么知道他是林先生的呢?从头到尾林先生都没跟别人说过自己的名字吧。"

"因为保安认识林先生啊,而且林先生是有动机杀死对方的!在之前的故事中我们已经得知,知道林先生姓名的人,除了我和助手,就只有他的家人。但他的儿子死了,老婆疯了,就只剩下……"

"情人?"

"没错。"撸撸姐赞赏地点点头,委托人能跟上自己的节奏,她很满意。

"但保安……是男的啊……"委托人还在嘴硬。

"男的怎么了?没看过《超纯洁初恋失踪事件》?这本书的作者的创作意图在那一篇中已经阐述得很明白了。林先生的情人从来没有出现过,你又怎么知道不是个男人呢?多年之后,愤怒的林先生跑到签售会现场,却不被人理解,还被人嘘,这时,他发现过来维护秩序的保安居然是以前的情人,在他家破人亡后一走了之的情人!这还能忍吗?怒火中烧的林先生肯定上去就想把他打死啊!"

"让、让我捋一捋……照你这么说,那天玩杀人游戏的保安,其实是林先生?"

"没错。"

"不对啊,即使这样,现场还是有十一个人呀。"委托人掰着指头数了好久。

"你是南瓜脑子吗!我刚刚说的话没听进去吗!我说,我向你介绍这位助手,他是林先生!"

"什、什么意思……林先生不是《超本格杀人事件》中的委托人吗?当时他和助手同时出现在……"

"没错啊!一个人可以同时出现啊!你没看过《超速消失》吗?那一集里就有两个助手同时出现哦。"

"难道说……"

"是的,**林先生,就是未来的助手**。委托人聚会的现场只有十个人，只不过有一个人自我介绍了两遍。请你注意看，在第一次介绍自己的时候，他'首先说的身份，是保安'，第二次转换成'未来助手'介绍自己的时候，他说'那我也再来介绍下自己，**虽然大家已经认识我了**'。这里其实暗示得很明显了，这个人自我介绍了两遍。"

"哦……怪不得现场还有了一阵骚动……"

"你看你很聪明啊。不过不怪你，这种'反隐形人'诡计，确实很难看出来。"

"我……很难……看出来……"委托人不断地喃喃自语着。

"话说，你知道你自己是谁吗？"撸撸姐突然问出了一个犀利的问题。

"我？我不是委托人吗？"

"你看，我刚刚还夸你聪明。我是说，你的真实身份是什么呢？这次事件里，唯一的谜团，在我看来，不是现场为什么少了一个人，而是你这个委托人的身份。"

"啊对，我……我是谁啊……这么想来……我确实不知道……但我为什么会知道委托人聚会这件事呢？我肯定是之前的委托人之一了吧？"

"你觉得你是谁？我帮你分析分析。"

"我是……桌游男？"

"不对，这篇故事一开始就说了，'桌游男'和'未婚妻'两个人都曾经在三大推理作家的签售会上见过'保安'，还一起玩过桌游，他们不可能不知道林先生和保安身份调包这件事。所以这两个人可以排除。"

"啊！我知道了！我是'瞎老头'！所以才会不知道现场有多少人，因为都没见过嘛。"

"不,你也不是'瞎老头',刚刚助手在说瞎子的伪解答时,你曾经说过一句'不用在这里黑那个瞎老头吧',**那个瞎老头**,嗯,说明你不是他。当然,你自己都不知道自己的身份,会说出'那个瞎老头'理论上也合理。但生理特征是不能骗人的,你不是个盲人,因为你可以看到助手很娘的动作,都吐出来了!"

"好,那我就是周太太!"

"不,你既不是瞎子,也不是聋子,周太太耳朵不好,而你却可以听到外面的午夜钟声。"

"难道……我是小彤?"

"小彤也不可能,在午夜钟声敲响后,你说你'年纪不小了,想早点睡'。虽然你可能不知道自己的姓名,但年纪还是知道的吧。小彤是个小女孩,这一点不符合。"

"那我就是小四川老板!"

撸撸姐叹了口气,说道:"你听听你自己的口音,翘舌音说得多好,怎么可能是小四川老板?"

"那我肯定是清朝人啦!完了,我是穿越过来的啊!"委托人一脸慌张。

"别慌,你也不是清朝人。"撸撸姐说,"当助手说'我孙子'的时候,你马上反应过来他在黑'我孙子武丸',这位是现代作家,清朝人不可能知道。"

"哦哦,那更糟了啊,敢情我是恶魔辛德瑞拉啊?!"委托人张大嘴巴做惊恐状。

"你不必慌张,你要是辛德瑞拉,午夜零点的钟声敲响的时候,你就消失了,怎么会和我们聊到这么晚。"

委托人发现,只剩下最后一个人了。他坚定地说:"我明白了,撸撸姐！我是'新手小偷'，虽然不是什么正当工作，但……我会加油的，请多多指教！"

"可惜，你也不是'新手小偷'哦，"撸撸姐反驳道，"你还记得吗，'新手小偷'在《超新手小偷闯空门事件》中吓尿过，尿液还引来了蚂蚁，他患有糖尿病。患有糖尿病的人不会随便吃糖的，可你刚刚脸色难看我给你糖，你就吃了，明显胰腺很健康嘛。"

委托人想了很久，却越想越头疼。

"撸撸姐，照你这么说，我不是其中的任何一个委托人啦。但当时在场的只有这么几个人，如果我不在里面，那我怎么会知道这件事呢？"

撸撸姐笑了。"那我问你，你又是怎么知道我的呢？"

"你……"委托人犹豫着说道，"我是在书上看到你的……"

"答对了！"撸撸姐笑得更开朗了，"那我再问你个问题，你知道现在我这间房间里有几个人吗？"

"三个啊，一开始不是写着嘛……"

"没错，问题是哪三个？"

"你，助手，我……"

"错啦！"

"咦？难道像《超监视偷窃事件》那样，助手又在电脑里？"

"不会哦，助手如果在电脑里跟我们视频的话，声音应该是沙哑的，但刚刚助手的说话声是'清亮'的。"撸撸姐解释得很耐心，"这次正好相反，房间里不是没有助手，而是——有两个助手！"

"啊？"

"是的，房间里的三个人分别是：我，助手，未来助手——也就是林先生。所以刚刚助手在伪解答的时候，会发生'助手否定了自己的伪解答'这种情况。"

"那我……"

撸撸姐一字一句地对委托人说道:"**你在书本外。**"

"什么,我是……"委托人倒抽一口冷气。(拜托读者你务必倒抽一下,以体验真实的感觉。)

"是啦,你就是正在读这本书的读者。"撸撸姐说,"所以你会知道谜面,知道故事中出现的每一位人物,却不了解现场究竟有几个人。最关键的是,你可以来找撸撸姐……"

"天哪,这只是一本不会出版的冷笑话探案集而已,有必要把互动感做得这么强吗!"委托人还是很惊讶。

撸撸姐、助手、林先生,三个人在书中笑了起来。

"难得有个机会和撸撸姐当面交谈,我还有一个问题……"好奇的你又开始发问。

"可以啊,你问吧。"

"如果林先生是未来的助手……那是不是说,林先生在未来会……找情人……然后撸撸姐你会……杀了亲生儿子?"

撸撸姐稍微迟疑了一下,当她再次开口说话的时候,声音十分坚定。"首先,他未来的老婆究竟是不是我,我不知道。其次,这个未来离现在有多远,我也不知道。现在,应该做的事情,是让林先生尽快回到自己的世界中去,找到失踪的老婆,然后好好生活。未来会怎么发展,会不会因为这次穿越而发生改变,我也不知道。对我来说,林先生是另一个人,他并不等同于我现在的助手。但不管是什么样的未来,我都会和我现在的助手一起,好好迎接。"

许久没说话的助手也开口了,他对未来的自己说道:"林先生,对我来说,你只是一个和我很像的陌生人而已。虽然我搞不清楚很多事情,但我想,这个世界既然连穿越这么扯的事情都能发生,未来肯定有更多想不到的意外。也许我们之后再也不会有交集,更不会变成同一个人,**我就是我,是永远活在现在的我。**"

"也许……你和这位读者一样,只是因为某个人,而和我们聚在了一起。"撸撸姐轻声说道。

你往后翻动书页,撸撸姐的声音越来越轻,你曾经看过的文字、标点一一重叠,最终归于平静。

林先生不见了。"撸撸姐侦探事务所"里只剩下撸撸姐和助手两人。他们彼此对视,似乎有千言万语要互相倾诉。

最后,二人同时开口。

"下一位委托人,请进……"

他们非常平静地与你一起,翻开下一个故事。

超有理由砍头事件

"崩了你哦!"

撩撩姐用枪指着眼前的男人说道。

她的口气已经很冷了,想不到男人更冷。"哼,你拿着一把玩具枪想唬谁啊!不过是撞了你一下,反应这么大干吗?你这种大姐姐类型的也不是我的菜啦,我喜欢的可是双马尾软妹子哦。"

撩撩姐差点儿控制不住扣下扳机。反正这种宅男,全部消灭都行。

"好了欧巴桑,我要去看萌妹子了,别挡道啦!"说完,男人又撞了撩撩姐一下,挤进了前面的人群中。

堂堂一个刑警,被误认成欧巴桑,不对,被误认成拿着玩具枪的欧巴桑,像话吗?

当上刑警不过短短几年,撩撩姐就凭借强硬的手段、精准的枪法、冷酷的表情——当然,最重要的还是修长的身材和漂亮的容貌,迅速成为刑警界最受欢迎的女警。

然而,对一般群众来说,大家只知道"超不准时时刻表事件""超多流浪猫一夜之间被喂胖事件""超少赎金绑架事件""超能力侦探事务所这本书很好看事件"等大案,具体是谁破的案,没人知道,也没人在乎。因此,撩撩姐并不为百姓所熟知。

今天难得休假,撩撩姐来看动漫展,结果居然被一个臭男人认成"show girl"。撩撩姐已经在心里暗骂,都怪自己好奇心太旺盛,这种无聊宅男和无脑模特聚集的地方,怎么可能好玩呢?

这么想着,撩撩姐离开人群,朝紧急出口走去。还是回警局练练枪吧。休假什么的,真的不适合自己。

与人潮涌动的会场简直是两个世界，紧急出口通道里一个人都没有。

　　不，有一个人，他躺在地上。

　　撩撩姐走近一看，从衣着辨认出正是刚刚撞到自己的宅男。

　　之所以要从衣着辨认，是因为此时他已面目模糊，看不出模样了——像是被刀砍的。

　　除此之外，心脏处还有一处伤，应该也是刀捅的。

　　恶性杀人现场撩撩姐见过无数个了，她马上就从现场的血迹分布、伤口状态，加上经验判断，凶手是先捅死了被害人，再用刀砍头。

　　撩撩姐感到头疼，不是因为发生了案件。正相反，她最喜欢破案了，只有在破案的过程中她才能找到自己的价值，实现小时候的梦想。

　　但这次的案件却不是需要奔波的时刻表事件，不是要解救被绑架的人质，也不用与暴徒搏斗，而是凶手捅死人之后又砍烂死者的头，也就是说，是毫无道理的离奇事件。

　　放在平时，这种案子撩撩姐是肯定不会介入的，让有想法的同事去搞定吧。但眼下，尸体就在离她不到一米远的地方，并且周围空无一人。

　　她是发现人，已经涉入案件了。

　　还好，撩撩姐知道有一个人，特别擅长找出不合理案件中隐藏的真相。

　　反正迟早要见面，这件送上门的案子，正好当成去找她的理由吧。

　　代表正义的我，完全是为了还原案件真相才去找她的。

　　撩撩姐不断说服自己，终于下定了决心。

　　一看到委托人那双修长的美腿，助手马上掏出狗尾巴装上了。他堆着一脸傻笑，期待地看着委托人，同时也在期待自己给出愚蠢的伪解答之后被撸撸姐踹一下。

助手主动示好的举动并没有激怒撸撸姐，但她好像被委托人吓到了。她呆呆地看着委托人，半晌才喃喃说道："撩、撩撩姐……"

"咦？你们认识？想不到足不出户的撸撸姐居然也有认识的朋友。"助手第一次知道撸撸姐除他之外还有其他朋友，感觉世界观都崩塌了，简直就要哭出声来。

但没有人理他。

"我不是来跟你叙旧的，你今天就当我是普通的委托人吧。"委托人冷冷地说道。

撸撸姐也从刚才那一瞬间的震惊中恢复了正常。

只有助手知道，以前不管多么不可思议的谜面、多么令人发指的真相，撸撸姐都不曾表现出一丝惊讶。因为她拥有看穿真相的洞察力。而今天，只是看到这个人，她就那么惊讶了。看来，这个委托人不简单。

委托人讲完之后，撸撸姐用冷淡的口气——以前都是平静，这次则是冷淡——对助手说："助手，开始你的伪解答吧。"

委托人犀利的眼神第一次转向助手，死死地盯着他。"助手？"

"没错！我就是撸撸姐的助手！请不要小看我，虽然我只是个没有名字的助手，但在撸撸姐想要灌水、手发痒的时候，我可是最重要的！而这次的案件，我居然也能解开！"

自己居然用了"居然"两个字。

看到没有人搭腔，助手又自顾自地往下说。"这起事件中最大的谜团是，凶手为什么要在杀人之后还要砍头、将其毁容。砍头毁容的理由不外乎两种情况。第一，主观理由。第二，客观理由。"

委托人掏出手枪，指着助手的脑袋。"你玩我？当心我崩了你哦。"

助手吓哭了，眼泪汪汪地看着撸撸姐。

谁知撸撸姐只是说："你继续，她不会开枪的。"

"好、好的，那么，第一种情况，主观理由。那是因为凶手杀了人后仍觉得不够痛快，一定要把他的脸都毁了才爽！"

"砰！"一声枪响。

"爆头啦、爆头啦，我也被爆头啦。"助手捧着自己的脑袋在屋子里乱窜。

"你的脑袋就算被枪打中，又能爆出什么来，只是漏气而已。这么普通的伪解答也好意思讲出来，真是白做我助手了。"撸撸姐被助手的愚蠢感染，最终还是没能保持冷漠，忍不住吐起槽来。

看到撸撸姐正常了，助手非常开心。"好啦，委托人，不要再乱开枪了哟。因为接下来我要赌上我爷爷的名声，告诉你真•伪解答！"

"你爷爷有什么名声？"

"也没什么。"

"那谁要跟你赌啊！"撸撸姐差点儿抢过委托人的枪来打死助手。

"那我就……堵上自己的耳朵。"冷艳的委托人居然也学会了吐槽，助手真是容易感染人。

"真•伪解答就是……"助手伸出一根手指，"死者本来就长那样！"

"我们的被害人不可能这么丑！"助手觉得被侦探和委托人一起吐槽真是幸福。

"刚刚我是开玩笑的，委托人又不是瞎子，她之前都看到死者的容貌了。其实呀，谜面里被砍的'头'并不是指'脑袋'哦。而是……那个！"

"哪个？"委托人还是不太明白。

撸撸姐却在叹气。

"人的身上可不止有一个头哦！我知道你肯定要想歪了，其实我要说的是——手！我们经常说'手头很紧'，说明手头也是一个头。还原一下现场，被害人是个宅男，看到这么多好看的模特，控制不住自己的手，摸了模特。结果被别人发现，大家骂他是变态，捅死还不够，必须砍掉手！"

"我倒是很想让你尝尝拳头。"委托人生气地扯掉了助手的狗尾巴。

助手不要命地冲上去想抢回来，结果被委托人一个反关节制住了。

看到助手完全不顾自己的手臂，还是要抢狗尾巴，撸撸姐发话了。"再给你买一个就是了，但你的手臂断了会给我添麻烦。"

委托人松开助手，把狗尾巴扔还给他。"我警告你，不要再说是我在叙述的过程中隐藏了叙述性诡计，我是一个正经人。"

"好的，那么，第二种情况，客观理由！"助手揉了揉肩膀，继续说出伪解答，"所谓客观理由，就是凶手想要隐藏什么。在本格推理小说的世界里，砍头毁容最有名的理由就是——隐藏身份。"

"虽然血肉模糊分不清楚，但去检查一下牙齿就知道是谁了，又不是整个头都砍掉拿走了。"委托人反驳道。

"为了隐藏身份而砍头毁容，这种诡计放在现在还有人看吗？就算是助手，你也稍微与时俱进一点吧。"撸撸姐从另一个切入点来反驳助手。

"好的，那我就说下一种理由。是因为……凶手太饿了，他要把脑袋打开吃人脑！"

"叫你与时俱进一点，但没让你领跑于时代啊！写这种诡计我们的书还怎么出版！"撸撸姐忍不住了，学着委托人掰了一下助手的关节。

"对对，再往那边去一点，再用力一点，好的，就是这样！"委托人居然嫌力道不够。

借着气氛其乐融融，助手马不停蹄地抛出了下一个解答："因为死者的头上有会暴露凶手身份的线索！"

撸撸姐和委托人安静了下来，这个解答听上去比较像真的。

"那到底是什么线索呢？"撸撸姐戳了一下助手的脑袋，问道。

"血！"回答的却是委托人。

"没错，就是血！被害人在临死前咬了凶手一口，所以他的嘴巴里有凶手的DNA啦！"

"我是说，你头上出血了。"委托人一副事不关己的口气。

助手摸了摸自己的脑袋，果然出血了，难道是刚刚撸撸姐戳得太使劲儿了吗？助手开心地笑了起来。

看着满脸是血并且傻笑着的助手，撸撸姐没有表现出一丝关心，只是点了点头，好像在确认着什么。

"咦，撸撸姐听完我的伪解答居然点头了，难道是同意我的看法吗？"助手欢欣雀跃。

委托人马上给他泼了盆冷水。"你这个解答，太纸上谈兵了。我看过被害人身上的致命伤，一刀致命，干净利落，被害人根本没机会挣扎。而且，什么DNA，这么科学的解释不该是你们这个侦探事务所该给出的解答吧？！"

这通反驳有理有据，但助手也不气馁。"是的！刚刚是我不对，在这里，越神经病的解答才越正常，我为刚刚说出DNA三个字母道歉！现在，我要来说神经病的解答了！凶手砍头是为了留下犯罪声明！被害人可能姓禾，赵钱孙李的禾！那么砍他的头，就等于砍掉了上面一撇，剩下的就是个'木'字，这也就是代表——"

"够了！"撸撸姐有时候确实挺佩服助手的，这种无聊的伪解答他好像有无穷无尽种，"篇幅差不多了，你的使命已经完成，接下来是揭晓真解答的时间了。"

"但我还没说完——"

"下次如果我出长篇小说，肯定让你说个够。"

"好的，撸撸姐，一言为定呀！"助手笑成了一朵菊花。

"不一定。"撸撸姐完全不在乎助手的感受，比出三根手指，说道，"刚刚助手说，砍头毁容的理由不外乎两种，一种是主观理由，一种是客观理由。其实，还有第三种情况。"

"哦？"委托人好像也没料到助手的归纳居然还有漏洞。

助手却好像习以为常一样，耐心地听着。

"第三种情况就是——客观理由！"撸撸姐用宣布什么了不起的决定一般的口吻说道。

委托人攥紧了手枪。如果眼前的是别人，估计她已经冲上去了。

"而这个理由就是——死者的头上有会暴露凶手身份的线索！"

"这句话听着有点耳熟啊……"助手使劲儿地回忆着。

"到底是什么东西呢？"撸撸姐问助手。

"血？"助手好像找到了一点记忆碎片，小心翼翼地说道。

"没错，就是血！"撸撸姐对助手的回答很满意。

"这个解答刚刚说过了啊……"委托人已经听不下去了，"被害人是被一刀毙命的，根本不可能去——"

"不！那不是凶手的血！"撸撸姐厉声说道，"而是死者自己的血！"

"自己的血……这不是很正常吗？被害人可是被害人诶！"助手不知道撸撸姐想说什么，但觉得撸撸姐破案的样子好萌。他捧着脑袋，呆呆地看着她。

"凶手砍他的头、毁他的容,无非是想造出一样东西,而这个东西被害人的头上原本没有。"

助手摸着自己的脑袋,思索着。

"别摸了,这样东西你的头上也没有。"

"啊!难道是脑子吗?!"

"是**伤口**。"撸撸姐一字一顿地说了出来。

"被害人是心脏中刀而亡的,这样一来,他的头部就不该有血!但实际情况是,他的头上有血,为了让这一现象变得正常,凶手就拔出刀,再砍被害人的头,造出伤口。也就是说,凶手砍头的理由是,用被害人的血来掩盖被害人的血。"委托人这时已经清了思路,她分析道,"但是撸撸姐,这里有两个问题。第一,原来被害人头上为何会有血?第二,就算有血又怎样?人都杀死了,目的也达到了,为什么非得掩盖头上的血迹呢?"

"这两个问题的答案是同一个!你刚刚也看到助手脸上出血了吧,知道他为什么出血吗?"

"因为……你戳了他一下……"

"不!他是被萌出一脸血的!"

委托人被吓得一脸震惊。

"被害人是个宅男,出于某种原因,他被人捅死了。捅死人之后,凶手发现被害人被自己萌出了一脸血,想到刚刚被害人跟你说'我喜欢的可是双马尾软妹子哦',而你是一名优秀的刑警。于是,她灵机一动,再次举刀砍向被害人的头。这样一来,'为什么死者脸上有血'的谜团就会变成'为什么凶手要砍头将其毁容',安全多了。"

"但她没想到,我认识你,而且……"委托人突然收住了话头。

"而且什么呀？"助手不知好歹地问。

"凶手很有可能是动漫展上的模特。"委托人站起身，"动漫展上扎着双马尾的软妹子，带着锋利的大刀作为道具——范围已经很小了，相信很快就会找到凶手。我先走了，这次……我欠你一个人情。"

说完，委托人快步走出了房间。

撸撸姐没有挽留，只是出神看着她离开。

"撸撸姐，你在想什么呀？"助手又不知好歹地问道，"你们以前就认识？"

"我们……是从同一个地方出来的。"

说完这句，撸撸姐就沉浸在回忆中，再也不说话了。

超有格调的死前留言事件

小蝶和丈夫结婚已经有些年头了，作为一家大型企业创始人的夫人，她对现在的生活非常满意。只是今天早上醒来时她觉得莫名心慌，好像丈夫这一出门，就再也见不到了一样。

这感觉来得没头没脑，硬要说的话，恐怕就是女人的第六感，或是长时间一起生活产生的默契吧。此时已是傍晚时分，一整天都心神不宁的小蝶索性坐在了电话旁。

她焦急地等待着丈夫的电话。每逢公司没那么忙，可以回家和她一起吃饭的时候，丈夫都会打来电话。因此只要电话响起，就证明自己的担心都是多余的吧。正在胡思乱想之际，突然响起的电话铃声把小蝶吓了一跳。她赶忙接起了电话。

好不容易等到的电话却是隔壁邻居打来的。"明天吗？好啊，明天我们一起去看看吧。嗯，再见。"邻居不太常打来电话，差不多每次都是邀请小蝶一起去哪里买打折的东西。家庭主妇都这么闲啊，小蝶苦笑着想。

小蝶也怀疑过丈夫在外面有别的女人，不过她想得开，就算他有别的女人又怎么样呢？他是一个成功男人，而且是一个长得不错的成功男人，追求者肯定很多。再看看自己，不就是整天待在家里靠他养着吗？不过当小蝶亲耳听到丈夫说外面有了别的女人的时候，还是深受打击，并意识到丈夫是自己的一切！

电话铃声再次响起，小蝶迫不及待地抓起听筒，听到一个没什么感情的声音。"是小蝶女士吗？"

"我是。"

"你丈夫被杀了,我们马上派人去您家,请问您家的地址是……"

冲击力太强,小蝶的耳朵嗡嗡作响,只隐约听到最后一句。

"对了,你丈夫临死前,用血在地上写了三个英文字母:d-i-e。关于这一点,我们也想听听你的看法。"

陈述完案情后,身材修长的美女委托人闭上嘴,一言不发。

"死前留言不是'木',我不管。"撸撸姐一副冷若冰霜的样子,不知道是这起案子挑不起她的兴趣,还是她不喜欢对面的委托人。

助手对美女还是那么热情,这一次他甚至换上女仆装来讨好对方。

"来,喝点茶吧,撩撩姐。"助手一脸谄媚地献殷勤。

"滚。"撩撩姐和撸撸姐居然异口同声地骂了他。

"我作为警察来到这里,只是想知道真相。你撸撸姐不是号称什么谜团都能给出真解答吗,不会解不出这个案子了吧?"撩撩姐开始使用拙劣的激将法。

"激将法对我是没——"

撸撸姐的话还没说完,身穿女仆装的助手却嚷嚷了起来。"你这是什么话!我们家撸撸姐才不会怕呢!不要以为你长得好看就可以胡说八道啊!"

撩撩姐皱起了眉头。"闭嘴好吗,你这个娘娘腔!"

听到这话,助手气得怒发冲冠,他像个男人一样,求助地看向撸撸姐。

撸撸姐温柔地把助手气歪了的喀秋莎①扶正,安慰道:"不,你不是娘娘腔,你只是娘罢了。"

---

①喀秋莎是一种女仆头饰,源于托尔斯泰《复活》中的女主角的名字。日本大正时代松井须磨子出演《喀秋莎》时戴着这种头饰,由此得名。

助手安心地笑了。

"好，为了尽快打发掉你这个委托人，我就话不多说，直接进入伪解答了！"

"尽快打发，不应该是直接让我说真解答吗？你这样明明是想和她多待一会儿吧。"撸撸姐酸溜溜地说道。

"这、这是什么话！伪解答难道不是每个助手应尽的义务和权利嘛……"

"行了，抓紧时间，快说。"撩撩姐最讨厌叽叽喳喳的人，她已经快要忍耐不住，准备拔枪崩了他了。

"嘿嘿嘿嘿嘿，这个谜团，不外乎两种情况！"一说到伪解答，助手来劲了，"第一种、死前留言的意思是他老婆——小蝶。第二种、死前留言的意思——"助手故弄玄虚地拖长尾音。

"快说第二种。"撩撩姐丝毫不给面子地催促道。

"我第一种情况还没分析呢……"助手倒是一点都不生气。

"第一种情况警方应该查得很清楚了吧，死者的老婆没有作案机会。"撸撸姐看向撩撩姐，用眼神询问。

"是的，我们看到这个死前留言时，第一个想到的就是拼音，die——蝶，正好死者的妻子就叫小蝶。但是她在法医鉴定的死亡时间内有完美的不在场证明，那时住在她家隔壁的邻居正好打电话过来，她接了电话。案发地点离她家又十分远，所以……我们找不出凶手了，不然我怎么会来这里啊！"撩撩姐踹了助手一脚，权当解气。

"不在场证明最容易搞鬼了！你们都中了邪恶贵妇'小蝶'的计谋了！"被踹了之后的助手更加神采奕奕了。

"不要随便给人家起外号好吗……"

助手却没有理撸撸姐，自顾自地说了下去。"为什么那么巧，恰在那时接到了邻居的电话呢?因为那是录音!"

"黄金时代①之后就没人用这种诡计了好吗!"撩撩姐失望透顶。不,她本来就没抱希望。

撸撸姐却跟助手讲起了道理。"谜面里说隔壁邻居'不常打来电话',说明这不是一个固定的行为,那她要如何预先设计那时正好有人打电话来,还安排了内容呢?"

"咦,今天撸撸姐怎么这么温柔。不过你说得对。接下来是下一个伪解答,她有同伙!同伙机智地打来电话,就算没有来电,她应该也会主动打给别人的!天衣无缝啊!可惜天网恢恢!"

撸撸姐一个巴掌扇在助手脸上,然后用助手胸前的围裙擦了擦手,说道:"别以为你穿了女仆装我就真不动手了。"

"呐……要不这样呢!"助手灵机一动,又想出了一个老梗,"凶手买了无数个电话子机,一个接一个、一个接一个,一路接到作案地点。这样就能保证人在现场,还能接打到家里的电话啦!"

"又是同伙、又是接电话线,你是不是偷看了那本书?糟糕,我就晚烧了一天,想不到你动作这么快!"

助手委屈地说:"我看那本书的封面上写着作者叫什么羊太郎②,以为是喜羊羊和灰太狼……我也很后悔。"

"不要再说我听不懂的话了。"撩撩姐感觉被孤立了,有点不开心。

"好的,我接着给出伪解答。其实死者写下小蝶名字的拼音,并不是想指控她是凶手,而是想说,我爱小蝶!"

"可以啊,这么烂漫的解答。"

---

①黄金时代指的是二十世纪前中期,大约一九二〇年到一九四〇年,这个时间段内涌现出大批经典侦探小说以及非常厉害的侦探小说作家。
②羊太郎指日本推理作家大谷羊太郎。

"是烂,多么烂。"

"那凶手是谁呢?"

"不知道啊。"

撩撩姐终于忍不住了,她拔出手枪,欲当场射杀助手。撸撸姐见状,连忙扑上去抢夺。

"让我来打死他!"

"喂!"助手吓死了,"好啦好啦,来说第二种情况。死前留言不是小蝶的意思!"

"你快说!"

"第二种情况,死前留言die指的不是小蝶,那是什么意思呢?众所周知,英文中,die的意思是死亡。没错,死者想告诉大家,他死了。"

"你也给我去死吧!"

"哈,开个小玩笑,你们还以为这就是真解答吗?"助手得意扬扬地继续说道,"其实,与拼音die对应的,不只有蝶一个字哦。"

撸撸姐精神一振,听了这么久,助手终于要认真起来了吗。

"那还有什么意思?"撩撩姐显然也很期待。

"爹!"

"啥?"

"没错,凶手就是死者的爹!"

"不好意思,我刚才没说,因为想谜面的时候完全没想到你会得出这种结论。我补充一下信息吧,死者他爹早在六年前就病逝了。"

"哈哈哈哈哈,果然又是伪解答,吓了我一跳,还以为不小心把真相说出来了呢。"助手居然真的大松一口气,"很好,我的思路完全打开了,就让我来告诉你们die还有什么意思吧!"

"我手枪的保险栓也打开了。"撩撩姐冷冷地说。

但助手已将生死置之度外，他大声说道："DIE 全部大写的话，就是 Danish Institute for the International Exchange of Scientific and Literary Publications！也就是丹麦国际科学及文学出版物交流学会！"

"所以凶手是？"

"哈哈！谁知道呢！"助手露出欠揍的表情。

撩撩姐正要扣下扳机，却听到撸撸姐说话了。她知道，揭晓真解答的时刻终于来了。

"我问你们一个问题吧，有个人打了镜子，结果他自己死了。请问凶手是哪位推理作家？"

"是东野圭吾！"助手抢答道。

"为什么？"

"因为你动不动就在小说中黑他，所以猜他准没错。"

"很可惜，这次不是他。我提这个小问题并不是想黑谁，只是告诉你们一个破解此案的关键点。"

"是谁呢？"撩撩姐也猜不到。

"正确答案是，夏树静子！"

"为什么？"

"因为那个人打了她啊！"

"啊！"撩撩姐突然明白了什么。

"是的，还是大家所熟悉的口音诡计。在这个案件中，死者留下的死前留言应该就是凶手的名字——临死前最自然的反应就是写出凶手的名字，现实不像推理小说那么复杂哦。"

"所以说，凶手的名字是……"

"是的,凶手叫 die。具体是哪个字,我不是上帝,无从得知。"

这一次的真相意外地简单。不是小蝶,而是小叠、小迭,或者小碟。

只是一番盘查就能破解的案子,撩撩姐却专门跑来咨询撸撸姐,想必是有某种私心吧。

只不过这种私心,就算是上帝,可能也不清楚啊。

超敬业美女刑警蒙圈事件

作为一名超级敬业的刑警，撩撩姐工作至今只请过两次假，一次是那一次，还有一次是这一次。

让同事们瞠目结舌的是，那一次请假，她是为别人。

同样让同事们瞠目结舌的是，这一次请假，她是为自己。

——她的同事也太容易瞠目结舌了吧！

撩撩姐总是用警察的眼光看待这个城市，搜寻光鲜亮丽之下的阴暗处。今天难得休息，她终于能够用普通人的眼光打量每日生活的这片土地。

一切都是那么平凡、安逸、和谐、有序。

或许是太放松了，撩撩姐的包被一个男人轻而易举地夺走了。歹徒拔腿狂奔。

撩撩姐反应过来的时候，抢匪已经跑出去二十米左右了。

男人肯定猜想不到，包的主人竟是一名警察，还是一名超级厉害的警察，可以瞬间追上这二十多米的距离。

撩撩姐和男人扭打成一团，然后顺利地抢回了自己的包。

站起身来的时候她发现自己的衣服上有血，再看躺在地上的男人，小腹处有一个利器戳的伤口，正汩汩往外冒血。

如果说人是她杀的，至少也要让她知道凶器是什么吧。

蒙圈了的撩撩姐感觉自己的小腹也有点疼了。

今天事务所里人有点多。

"哇！撩撩姐！我可是你的粉丝呢！"看到撩撩姐走进来，枚举侦探抛开手上的书，兴奋地说道。

"咦，已经有委托人了吗？不对，你怎么认识我？"

"嘿嘿，撩撩姐，我来给你介绍一下。"爱凑热闹的助手插嘴道，"这位是 CDC 一班的学生，代号枚举侦探，特长是枚举。"

"我今年就要毕业啦！希望毕业后也能成为一名像你一样的风云警察！"枚举侦探的到来，让这个不停冒傻气的事务所多了一丝活力。

"哦……美剧侦探……你是用美剧知识破案吗？"撩撩姐找了张椅子坐下来，她似乎很疲惫。

"不是美剧，是枚举啦。撩撩姐，你可以叫她小枚。"助手又乱给别人起外号了。

"闭嘴！"不愧是事务所的主人，撸撸姐一开口，助手和枚举侦探立马闭紧嘴巴。

"你受伤了？"撸撸姐问。

"啊！怪不得气色不好！"助手恍然大悟。

"根本不用看气色好吗，人家身上有血啊！"撸撸姐戳了戳助手的眼睛。

"不，这不是我的血，而是……"

"哇！小枚！你的偶像杀人了！"听完撩撩姐的讲述，助手大叫道。

论资历，助手要比枚举侦探资深得多，但枚举侦探理都不想理他。

撸撸姐说道："我相信撩撩姐，人肯定不是她杀的。"

撩撩姐很感动，果然，这世界上最懂她的人，还是撸撸姐。

撸撸姐接着说道："因为她要是杀人，会用枪。"

"喂！原来不是因为你信任我的人格啊！"撩撩姐被激怒了。

"我不相信任何人的人格，只相信逻辑和习惯，只有这两者不会骗人。"撸撸姐的口气还是很沉稳,"好了,正好今天枚举侦探也在,不如你和助手就进行一场伪解答大比拼吧,看看谁能夺得本年度伪解答天王称号……"

"撸撸姐,我说的不是伪解答啊,我是在认真地思考!"被和助手放在一起,枚举侦探很不开心。

"在成为名侦探的道路上,你还有很多弯路要走。趁年轻,多走点吧。"

"是!撸撸姐!"

撩撩姐刚想阻止,但已经来不及了。助手则在一边酸溜溜地说:"你自己也还年轻啊……"

"哈哈哈,说得好!"得逞了的撸撸姐开心地笑了起来。

"这个女人就是想让别人夸她年轻啊!你个白痴,居然真的中计了!"撩撩姐气得肚子疼。

助手完全没明白这群女人的心思,茫然地看着她们。

"好了,助手,你先开始吧,发挥你的实力,让真相永远与你擦肩而过吧!反正这次的案件解决不了也不要紧,就让撩撩姐背黑锅好了。"撸撸姐继续有意无意和撩撩姐较劲。

要不是今天没带枪,撩撩姐早就拔枪伤人了。

"嘿嘿嘿,好,终于到我提出伪解答的表演时间了。"助手已进入状态,"有两种情况,第一种,有凶器。第二种,没凶器!"

枚举侦探很难想象为什么这种水平的人当上了撸撸姐的助手,CDC里随便拉一个出来都比他强千百倍。

"先来分析下第一种,有凶器!那么凶器为什么不见了呢?"助手忘我地说着,"很简单,被回收了!有没有很厉害,推理小说里都用这个词——回收了!"

"被谁回收的呢?"

"收垃圾的啊!谁会在意路边的清洁工啊!这次可是典型的隐形人诡计,有没有!"

"我和死者开始扭打时身边一个人都没有。你别再提出这种愚蠢的伪解答了,好吗……"撩撩姐有气无力地说道。

"嗯!那就是在你和死者扭打之前,他就已经被人戳死了!"

"被人戳了一刀,还有力气去抢别人的包?这个抢劫犯也太敬业了吧!"

"他也许是想……看看你的包里有没有创可贴。"

"你的脑子里该贴两片创可贴了吧!"撩撩姐咬着指甲,她很怕自己会忍不住打死助手,那样自己就真成凶手了。

"助手,你快点开始说第二种情况吧,今天你说完之后还有枚举侦探要说呢,抓紧点时间。"撸撸姐像个主持人一样,把控着现场的节奏。

助手倒也听话。"好的。第二种情况是,根本就没有凶器!死者在和撩撩姐扭打的时候,摔倒在地,不慎磕到了一块尖利的石头,被戳死了。这种解答是不是过于正常了?"

"我们当时所在的路面是柏油大马路,很干净,没有石块。虽然扭打得很激烈,但我的牛仔裤都好好的,没有磕破,又怎么会戳死人呢?!"

"啊哈!我知道了!大家都忽略了,你的身体有凶器!"

"啪!"撸撸姐赏了助手一巴掌,"变态!"

"什么变态啦……"助手捂着嘴巴,委屈又开心地说道,"我说的不是撩撩姐的胸部呀。"

"啪!"这次是撩撩姐打的,"变态!"

"撩撩姐，你的身上有一个很尖利的东西，我也是刚刚发现的。那就是——你的指甲！"

"你以为我是金刚狼啊！"撩撩姐用指甲戳了戳助手的脸，没想到真的戳出了血。

"哟，还真的蛮尖利的。"说完，撩撩姐好像要再次确认一般，又戳了戳助手的脸。

"我留意过了，撩撩姐刚刚进来的时候指甲上没有血迹，所以可以排除这个可能。"好久没说话的枚举侦探开口了。

"不错，观察得很仔细，女孩子就是细心。"撸撸姐表扬了枚举侦探，态度与面对助手时截然相反。

"啊哈，不是指甲，但你身上还有别的凶器！你们都没发现吧！"助手又想到了什么。

撸撸姐依旧赞许地看着枚举侦探。枚举侦探开心地笑着。撩撩姐在擦指甲上的血迹。

——根本没人在意助手说的话！

"那就是……"虽然没人搭理，助手还是自顾自地说了下去，"下巴！"

三个女人连打都懒得打他了！

"可恶啊……看来只能使出我的终极伪解答了！"为了吸引大家的注意，助手高声说道，"你们知道吗，这是个广义内出血密室！"

枚举侦探抬起头来。

受到了鼓励，助手继续说道："其实死者身上早就有伤口了，经过激烈的搏斗，伤口崩开了！七个伤疤的男人，你们懂吗？"

听到这话，撸撸姐和撩撩姐也抬起了头。

枚举侦探开口道："是不是轮到我啦？"

"是的！"

"快开始吧！"

助手咬着嘴唇，热泪盈眶——原来她们不是在意我说的话啊！

"我给大家举个例子哦。"枚举侦探马上进入状态，"我在电玩城里和旁边的人单挑拳皇，我选的是二阶堂红丸，最后发了一个雷光拳，把对手电死了。与此同时，坐在我旁边的玩家也倒下了，脸发黑，空气中弥漫着烟味。请问这是怎么回事呢？"

"因为你们玩的是真人模拟神经交互感应系统游戏，玩家真的会被电死！"助手配合着给出伪解答。

"这种设定系是很犯规的哦。"枚举侦探否定了他的解答。

"因为旁边的手柄漏电了，正好把他电死啦！"助手继续给出伪解答。

"物理诡计现在没人看了哦。"枚举侦探又一次否定了助手，"好啦，我不想占太多篇幅，我们请撸撸姐来给出真解答吧！"

"很简单。"撸撸姐神态轻松，"你旁边的玩家倒下了，是因为受不了被打败的刺激，晕了。他脸发黑，是因为他本来就是个黑人。空气中弥漫着烟味，是因为电玩城里有很多人抽烟。"

"没错！"枚举侦探赞叹道，"这个例子告诉我们，难解的谜面，只要拆开来看，就会变得非常简单。"

"哦？"助手听得一愣一愣的。

"应用到这起事件中，同样是三个谜团。为什么有血？死者为什么受伤？死者因何而死？"

"听上去好像是变简单了呢……"助手喃喃道。

"为什么有血？因为撩撩姐来月经了。死者为什么受伤？因为他被女朋友甩了，很受伤。死者因何而死？伤心致死。"

"唉……"撸撸姐叹了口气,"你的枚举不错,但是一旦应用到解答上,就变得比助手还糟糕了……"

"我、我还有例子!"枚举侦探不屈不挠,"说有一个人走在路上,一直做着鬼脸,为什么呢?"

"这次是日常之谜了吗?"助手说道,"因为他长得就跟鬼脸似的!"

"这个我知道!"居然是撩撩姐抢答了,"因为他想让别人只注意他的脸,可能他其他地方有什么不想让人看到的东西……"

"撩撩姐说得没错。"枚举侦探自动忽略了助手的话,"这个例子告诉我们,有时候值得注意的地方,可能是最不值得注意的地方。应用到这次的事件中,谜面中最不引起人注意的就是——撩撩姐的包!我怀疑撩撩姐的包是那种有很多铆钉的,而且是很长很尖的那种,这,就是凶器!"

"很遗憾,小枚……"撩撩姐露出遗憾的表情,"我的包,是双肩电脑包……"

"啊!撩撩姐你这么时尚靓丽,为什么会背宅男的书包!"枚举侦探不敢相信,"还有,双肩包为什么会被抢啊!"

"我当时是用单肩背着的……"

"好了,你们俩的解答我看差不多了,就到此为止吧!"撸撸姐打断了两人的对话。

"撸撸姐要开始真解答了吗?"枚举侦探和助手兴奋了起来。

就连撩撩姐也用期待的目光看向撸撸姐。

"我说了,到此为止。送客!"

"咦?"

"撸撸姐,我一而再再而三地来找你,第一是因为我皮厚,第二我真的想知道真相。可你让一个见习侦探和一个高段位蠢货讲讲相声就打发我了？"

撸撸姐沉默半晌，说道："行，我告诉你真相。人，是你杀的。"

"一开始你不是信誓旦旦地说人肯定不是撩撩姐杀的吗？"虽然不太明白蒙圈一词是什么意思，但是助手显然也蒙圈了。

"人不是撩撩姐有意杀的，而是她无意中杀的。"撸撸姐转向枚举侦探，道，"你送你偶像去吧。"

"咦，去哪里……"枚举侦探完全不明白是怎么回事。

"啊，难道……"撩撩姐这时想到了什么。

"送她去医院，然后，你要是愿意的话，就在撩撩姐手下实习吧。在这个事务所，终究都是纸上谈兵。从某种角度来说，撩撩姐才是真正的破案高手，而且她这么敬业，跟着她你能学到更多。"

"什么医院啊？撩撩姐你脑子有病吗？这一切都是幻想出来的吗？"直到现在，助手还是什么都不懂。

"你这脑子，去医院也没用，还是跟着我当小宠物吧。"撸撸姐嫌弃地向助手解释，"你没发现吗，今天撩撩姐没穿制服，穿的是牛仔裤，还背着个与警察身份不相符的双肩包。枪不离身的她居然也没带枪，这还是你认识的撩撩姐吗？能让撩撩姐请假休息，除了我出事，就是她自己出事了。"

"她能出什么事……不对，你又能出什么事……"

"生病喽！"撸撸姐恨死了这个南瓜脑子，每次都要解释详尽，一点名侦探欲说还休的腔调都没有，"撩撩姐刚做完手术，从医院出来，就遇上了这个歹徒。所以她今天有气无力、小腹阵痛、反应迟钝……"

"不对啊，说了这么多，根本没解释这起事件啊。死者因何而死，凶器又去哪儿了呢？"

"凶器是手术刀,自始至终都在撩撩姐的肚子里啊!医生忘了拿出来了,所以现在要让枚举侦探陪她去医院,你再问下去就又要出人命了!"

"我我我还有一个问题,手术刀为什么没有戳破撩撩姐的肚皮,反而戳破了死者的肚皮呢?"

"刚刚她自己也说了,为什么一而再再而三地找我,你没看出来我们感情不好吗?因为她**皮厚**啊!手术刀顶着她的肚皮,戳破了死者的肚皮啊!"

听完这个烂透了的解答,助手觉得天旋地转,就要昏过去。

昏过去之前,他想问问撩撩姐的皮是什么材质的,却看到枚举侦探已经扶着撩撩姐走出了事务所,耳边隐约传来撸撸姐的声音。

"好好照顾她。"

也不知道她是在跟谁说。

超傲娇导致悬案事件

-外景1-

玩泥巴!

不是所有人都玩过泥巴,因为泥巴很脏,而有些人从小就爱干净,特别怕脏。

艺术家不怕脏,因为他正在玩泥巴。

他不怕脏,因为他是艺术家。

他已经不是小孩子了,却玩得不亦乐乎。

只见他拿起松软的泥土,不多时,泥巴就在他手中变换成各种形状,成为他的作品。

他已经摆弄了几个小时,泥地上被他挖出一个好大的坑,都能躺进一个人了!

而在坑的旁边,就是他这几个小时的成果——一座泥土做的城堡。

他找了好久才找到这么一片土地,能让他的作品顺利诞生并安然矗立的土地。这个地方很安静,保证了长时间作业也不会有人来打扰。这里土质疏松,保证了他能轻而易举地在地上挖出一个大坑,获取创作的原材料。

一切都很美,他几乎要醉了。

如果不是突如其来的瓢泼大雨。

雨下得很突然,而突然的雨往往异常猛烈。

艺术家在保护作品和保护自己之间犹豫了一秒钟之久,毅然决然地撒腿狂奔。不远处有一个小亭子,那里可以躲雨。

众所周知,艺术家是不带手机的,手表也会影响他手上的功夫。

所以他特别酷地不知道时间,不知道雨下了多久。

从避雨的小亭子里,他无法真切地看到刚刚作业的那块地。但他能想象,自己耗费几个小时创作的成果正在被这场无情的大雨冲刷、摧毁。

天是灰色的,他的心是蓝色的,忧郁感伤。

雨终于停了,他迫不及待地冲到刚刚作业的那块地,原本就松散的土地浸满雨水,显得更加泥泞。那座栩栩如生的城堡,已经变成一团看不出形状的软泥,堆在地面上。

大坑还在。这是他之前坚持努力几个小时的唯一证据了。

不仅如此,里面还有一个人。

那人全身被泥水覆盖,看不清楚长相。

如果他不是在开玩笑,那就是死了吧。

不对,他是从哪儿来的呢?

四周可没有其他人的脚印啊……

– 内景 1 –

"撸撸姐,不是我泼你冷水,但你的解答太烂,又太前卫,受众群太窄了,红不了。而且,现在委托的案件居然都是这种日常之谜了吗?以前那种密室砍头的不可思议犯罪呢?作为助手,我也很惆怅啊!"这是撸撸姐侦探事务所里难得一见的一幕,助手居然在跟撸撸姐抱怨。

"助手,我要泼你冷水,不管是不可思议的奇案,还是日常之谜,你还不是一样,给出的全是愚蠢的伪解答,一个案子也破不了!"说完,撸撸姐真的泼了助手一桶冷水——这才是撸撸姐侦探事务所里常见的景象。

委托人虽略有耳闻，但亲眼看到这一幕，还是有点惊诧。

"咳咳，"他清了清喉咙，说道，"我常听人说，虽是三人同台，但委托人的风头总是被你们二位抢走。果然啊，你们俩就能二人转嘛。没错，我这次带来的谜团很小，但我认为确实不可思议，才来找撸撸姐寻求解答。请让我领略名侦探的风采吧！"

撸撸姐严肃地看着委托人。"委托人，请你记住，谜团没有大小，有时候大谜团背后的真相异常简单，而看似不起眼的小谜团，却牵扯出预想之外的繁杂内幕。没错，你这次带来的谜团很小。一个人在地铁上，看起来很累，而他面前就有空位，他却不坐，硬要站着。这种一句话就能说清楚的谜团虽然很小，但是……唉，好像确实没什么劲啊。"

"喂！撸撸姐你怎么说这种话呢！"助手的兴致倒是一如既往地高昂，"就算是小谜团，也有两种可能哦！"

"咦！助手要开始给出伪解答了吗？好期待！"委托人双手握拳，"好期待你快点说完，这样撸撸姐就能揭开真解答了呢！"

助手听无数委托人说过这种话了，也不受影响，自顾自地说："第一种情况，他不想坐。第二种情况，他不能坐！"

撸撸姐闭上了眼睛。果然又是愚蠢的结论，都对付过那么多疑难杂案了，这个助手的身高、长相、智商，都没有一点变化。

不过，这也正是他的可爱之处吧。

撸撸姐被自己的念头恶心到了。

－外景2－

撩撩姐出过很多次外景，但这次外景，算得上环境恶劣的前三名。

撩撩姐虽然长得像演员，但她是一名警察。"出外景"是她们警队的黑话，意思是外面出了案子，要跑现场。

不过这黑话真是一点神秘感都没有，谁都能通过字面猜到其含义吧。

撩撩姐是警队里出了名的独行侠，这次身边却多了一个人，还是一个少女。软软的头发，软软的脸，软软的性格。

"怎么这么软！"撩撩姐拔枪指着脚下的泥地，恨不得枪毙大地母亲。

风止雨停，但现场仍是一片烂稀泥地。爱美的撩撩姐特别抓狂，鞋子弄脏了呀！

身边的少女却不顾这些，认真地勘察起现场来。她的身高只到撩撩姐的肩膀，当然除了撩撩姐高的原因外，还有一个原因是她矮。

撩撩姐不管去哪里都带着一把枪，而这位少女，却随身携带一个本子，像要去上课，而非"出外景"。

这个本子里，记录着她搜集的各种例子。

她就是枚举侦探，撸撸姐把她托付给撩撩姐照顾。现在她的身份是警队里的实习生。

"小枚，你怎么看？"撩撩姐问道。

"嗯……"枚举侦探单手托着下巴沉思了片刻，然后说，"我觉得，这事有两个可能……"

撩撩姐攥紧了腰部的枪柄。

"你看你，一天到晚都在学什么！"

"不、不是的……我没有要学他……真的是有两个可能性嘛。"

"说说看。"

"第一种可能，尸体本来就在坑里，但艺术家没有发现！第二种可能，尸体是在下雨的时候出现的。"

"你知道吗,你比助手更可怕,因为助手蠢,我可以打他。但你蠢,我不忍心打啊……"

"哎呀,撩撩姐你别急,因为我之前都是在房间里靠不断举证可能性来破案,第一次真正到现场,难免不太习惯,我会改的……"

"算了,你先说说你的思路吧,可能有启发。"撩撩姐蹙眉说道。

"第一种可能性,尸体本来就在这个坑里,只不过艺术家没有发现。"

"这是为什么呢?"

"他太专心了!"

"靠!你是鸡汤版助手啊!"

－内景 2－

"第一种情况,他不想坐,为什么呢?"

看到没人理他,助手自己回答了自己。

"因为,他不累呀!"

委托人叹了口气。"不对,我说过了,他看起来很累,还喘着粗气呢……刚刚撩撩姐重复题目的时候也说过,他看起来很累。"

"哦,这样啊,那就是他想锻炼身体!虽然很累,但他是个苦行僧一样的健身达人,不允许自己坐下!"

"如果可以的话,拜托你也像苦行僧一样锻炼一下脑子,好吗?"委托人白了助手一眼,仿佛那是他这辈子听过的最愚蠢的回答。

不,不是仿佛,就是最愚蠢的。

撩撩姐出来主持公道了。"这次的谜面很简单,我们就不要占太多篇幅了,差不多进入第二种可能吧。"

"好的,既然主持人都这么说了,那我就说说第二种可能。他不能坐！"

"明明有空位，为什么不能坐？"委托人觉得很奇怪。

"因为座位脏！刚刚有人在座位上放过雨伞，所以座位是湿的！事情发生的时候不是雨刚停嘛，大家手里都拿着湿漉漉的伞呢，你看我还能结合天气，老天替我做证！这下无懈可击了吧。"助手得意扬扬。

"不好意思，我没跟你说吗……我就坐在空座位的旁边，空位不湿，很干净，坐下去完全没问题。但他就是要站在座位前，所以我才觉得奇怪。"

"那就是你不干净，他怕坐下来蹭到你！"

委托人一个巴掌打了过来，声音清脆响亮。"你觉得我的手干净吗？"

看到这一幕，撸撸姐很生气。"你居然没有经过我的同意就打我的助手。你也不看看他的主人是谁！"

"啊，对不起，撸撸姐。"委托人连忙道歉，"是我不对，那我补一句，你同意我打你的助手吗？"

"同意！"撸撸姐回答得很爽快。

"啪！"又是一记清脆响亮的耳光。

助手捂着脸颊，愉快地继续给出伪解答。"那就是他有痔疮，不能坐！或者他刚搞完基，不能坐！"

"刚搞完基为什么不能坐？"委托人天真地问。

"会……痛……的……吧……"助手扭扭捏捏地回答。

"基佬的世界我真不懂，有没有直男一点的解答？"

"有的、有的！因为他是直男，所以呀，他的腿不能弯！"

"完了，直男的世界我也不懂了……"

"恭喜你！"

"恭喜个头啦！"撸撸姐大声喝道，"你们俩够了！还有几个伪解答，快点儿甩出来，不要浪费时间了！"

"好的，撸撸姐，我忍耐了许久的终极伪解答要登场了！"助手一改往日的蠢模样，以更蠢的样子说道，"因为那个座位上，已经坐了人啊！"

"什么？！"委托人惊呼出声。

－外景3－

"哈哈，刚刚我只是在模仿助手啦，现在让我来举个例子吧！"枚举侦探说道。

撩撩姐来了兴致。"现在才正式开始吗，好的，让我来见识一下CDC高才生枚举侦探的本事吧！"

"有一天，日本推理作家在卡拉OK聚会，岛田老师、绫辻老师和麻耶老师三人都点了歌，就东野老师没点，为什么呢？"果然又是这种推理圈的例子。

"因为东野老师故作清高吧。"撩撩姐回答。

"没错！东野老师很清高！"枚举侦探肯定道，"但答案不是这个哦。"

"咦？那就是东野老师唱歌很难听？"

"没错！东野老师唱歌很难听哟！"枚举侦探肯定道，"但答案不是这个哦。"

"那是什么啊……"撩撩姐放弃了。

"因为东野老师没受邀参加这个聚会呀，那些人都觉得他不是推理作家呢。"

"什么嘛，原来是个叙诡！"

"这个例子告诉我们，你以为他是这个，其实他是那个。"

"嗯，听起来确实告诉了我们很了不起的道理呢！"

"运用到这次的案件中，大家都以为那是一具尸体，其实呀，那是个艺术品！就跟被雨冲垮的城堡一样，这次是人体模型。不信你看！"

枚举侦探说完用手触碰了一下尸体。

"呵呵，真的是尸体呢。"

说完，枚举侦探恶心地吐了。

撩撩姐拍拍枚举侦探的背，说道："我觉得啊，我们在现场，最重要的是仔细观察和思考不合理的现象，然后通过论证得出结论，这才是最佳的破案方式。"

枚举侦探觉得撩撩姐说得很有道理，不愧是跑过很多外景的专业警察。

"那这个现场里最不可思议的现象是什么呢？"她问道。

撩撩姐说："是脚印！明明出现了一个人，不管是活人还是死人，都应该有脚印，更何况他是在下雨时过去的！但现场没有脚印，这就告诉我们，这个人……至少不是走过来的。"

撩撩姐严密的推理彻底说服了枚举侦探，她呆呆地问道："不是走过来的，那是怎么来的呢？"

撩撩姐抬头看了看天空，说："从天上掉下来的。"

"死者叫馅饼吗？"听到解答的一瞬间，枚举侦探以为是助手说的呢，忍不住吐槽。

"什么？"撩撩姐没意识到自己被吐槽了。

"是这样的，你看呀，撩撩姐，"枚举侦探慌慌张张地解释道，"看这个坑的深度，还有旁边泥巴的痕迹，不像是从天上砸下来一个这么重的人形成的呢。"

撩撩姐仔细地观察了一下，说道："嗯！小枚，你学习能力很强啊！这么快就把现场观察法运用起来了！你说得对，确实不像是尸体从天上掉下来形成的现场，我们再想想别的可能性。"

"这个例子怎么样？"枚举侦探突然又想起了什么，"有个侦探，每次破案的时候都会说'这起事件有两种可能性'，为什么？"

"因为他脑子有病。"撩撩姐脱口而出。

"不是啦，不要这么主观嘛。"

"因为……他有强迫症？"撩撩姐试探道。

"也不是哦，这也太客观了。"枚举侦探竖起右手食指，说道。

"那是为什么啊……"

"因为，他是个脑子有病的强迫症患者。"

"对哦。"撩撩姐拍了下手，恍然大悟，"我怎么没想到呢！"

"那么运用到这起案件当中，这个被害人，就是个脑子有病的强迫症！他的强迫症是——看到坑就想填！"

"所以他看到路边有个挖好的坑，就忍不住躺了进去。"撩撩姐接着说道。

"没错，就是这样！"

"耶！"

两个人在泥泞的现场击掌庆祝。

"咦？"

片刻的兴奋后，两人又回过神来，同时说道："那为什么没有脚印呢？！"

外景二人组又陷入了沉思。

-内景3-

"你当我是瞎子吗?那个地方有人坐了我还跑来求助什么啊!"委托人气愤地站了起来,又想打助手耳光。

撸撸姐连忙劝阻。"别冲动、别冲动,坐下打、坐下打。"

助手辩解道:"你不要急呀,你当然不是盲人,但……那个人是盲人!那个人是盲人,所以看不见那个空位,以为都坐满了。不,就算他不这么以为,也不敢贸然坐下去,因为坐下去有可能会坐到别人身上,而站着,是永远不会错的。他是一个很谨慎的盲人呢。"助手振振有词。

面对这样的解答,委托人一下子愣住了。半晌后才缓过神来。

"可是,这人……眼睛很有神啊……"

"呵呵,你是不是觉得他的眼睛和汪峰有点像?"

"而且这人……能正常地上下地铁啊……"

"上地铁有工作人员指引,下地铁的话,只要照每天走的路走就行了,盲人对空间的记忆力是很强的。"

"可是这人……能准确地抓住吊环啊……"

"这说明他经常乘地铁,对地铁车厢内的设备非常熟悉。这人肯定不是刚盲的,嗯!"

"可是这人……可、可是,这个梗以前不是写过了吗?"

"就算写新的梗,也会不小心撞到什么国外的作品,还不如撞自己的呢!是吧麻耶?"

委托人竟然哑口无言。

这时撸撸姐开口了。

"可是这个解答是你说的啊,我的小助手。"

助手一下子泄了气。"这么说来也对哦……"

委托人也终于缓过神来。

"不过呢，虽然助手你的解答不正确，但和以前一样，对我有很大的帮助。"看到助手沮丧得像条丧家犬，撸撸姐忍不住安慰道，"当然，我只是安慰安慰你，不用太放在心上。"

"我明白的，撸撸姐。"助手听话地不沮丧了。

"我们都知道，助手得出的结论永远是错误的——"

"为什么？"委托人打断了撸撸姐的陈述。

"这是设定！"撸撸姐和助手异口同声回答道。

"但正因为助手的结论永远错误，也让这次的事件非常容易就能破解了。"撸撸姐继续真解答演讲，"助手说那个人是盲人，但事实其实是那个人的视力非常好！当时他面前有空位，但他没坐，这是因为——他正在用眼睛做一件极为重要的事！"

"我知道！"助手抢答，"他在玩手机，太入迷了，都忘了坐下了！"

"这么现实吗，你是松本清张①的儿子吗？"委托人好像搞懂游戏规则了。

"你们都给我闭嘴！"撸撸姐最讨厌别人打断她的话，"他没坐下来，是因为坐下来之后，**面对的就是另一个方向了。**"

"啊？"助手没听懂。

"你傻啊。那人站着的时候是面对座位的，坐下来之后就是面向过道了。"委托人提醒助手。

"没错，他明明很累，但不能坐，是因为窗外有很重要的东西，他必须看着。这个东西是什么，我不知道，因为我不在现场。你也不知

---

①松本清张，日本社会派推理作家，作品主题多为批判社会现状。

道，因为你背对着窗户。"

"可地铁外面不都是漆黑一片吗？"助手问。

"不……"委托人呆呆地想了一会儿，"我当时坐的那趟地铁是有地上行驶路段的。"

– 外景 4 –

"啊！我还有一个例子！"片刻的打击过后，枚举侦探又元气满满了，"上次撸撸姐跟我讲过一个案子，最后其实没人死，是大家在玩三国杀。"

撩撩姐哼了一声。"又是撸撸姐、又是撸撸姐，你回去找她好了，别跟我啦。"

"撩撩姐你反应不要这么大嘛，怎么说她也是我的第一个导师啊。"

"你现在是我徒弟！记住！别老在我面前提她，她已经是过去式了！"

"怎么感觉怪怪的，你是在吃醋吗……"枚举侦探说道，"不过我说这个例子是有用意的啦。撩撩姐你回来看，在土坑里有个死人，这能让你想到什么游戏？"

"植物大战僵尸？"

"对，场景很像对不对！"枚举侦探觉得撩撩姐和自己的脑电波真是搭，"这个死者就是被植物打死的僵尸！不过……他的尸体是完整的……"

"尸体是完整的……啊对！被植物打死的僵尸头会掉下来，尸体应该是头和身体分开的。而这具尸体是完整的。"

"没错！"电波越来越配了，"所以这不是在玩植物大战僵尸！"

"那你为什么要举三国杀的例子啊？"

"因为我……想撸撸姐了……"

"小枚!"撩撩姐气得想拔枪,没想到高贵冷艳的自己会被一个小丫头玩弄。

"好啦,撩撩姐你不要生气嘛,最起码我们排除了一些可能性啊。"

"说到底,你的'枚举法'和助手的'永远避开真相法'有什么差别啊……咦?!"

"怎么了,撩撩姐?"

"我……我好像被自己刚刚说的那句话……启发了……"

"怎、怎么可能自己启发自己……撩撩姐你好自恋!"枚举侦探睁大了眼睛。

"刚刚我说你和助手没什么区别……"

"我有那么蠢吗?"

"不、不,你看起来没有……"

"那其实有?!"

"但你很重要!"撩撩姐坚定地看着枚举侦探,"你发现撸撸姐的秘密了吗?不要以为她很厉害,你看她哪一次是直接说出真相的?!"

"她……她每一次都是直接说出真相啊……"

"不是!"撩撩姐大声说道,"每次都是助手帮她把所有错误的解答排除之后,她才开始说真相的!"

"啊!"枚举侦探显然没想到这一层。

"也就是说,只要有一个永远避开真相的助手,任何人都可以是名侦探!"

"什、什么!"

"小枚,你刚刚就完成了助手的使命呀。"撩撩姐激动地扶着枚举侦探的肩膀。

"我……我……应该高兴吗？"枚举侦探这下彻底变成傻助手了。

"你刚刚把尸体是从旁边过来的和上面掉下来的可能都排除了，剩下的真解答就是……尸体是从下面出来的！只能是这样的！"

"难道是长出来的吗？"枚举侦探竟问出这种问题，水平确实和助手差不多了。

"什么呀，尸体本来就在泥土里呀！"

"这个……我刚刚不是说过了吗，尸体本来就在坑里，可是艺术家没注意——"

"不对！尸体不在艺术家挖的坑里，也不在坑下面，而是**在他的作品下面**！"

"可尸体不是在坑里发现的吗？"

"所以说啊，错误发生在艺术家的叙述里——发现尸体的坑，并不是他挖的坑！"

- 内景 4 -

"那……他看窗外是要看什么呢，风景吗？"助手就是助手，已经说到这个地步了，他还能准确无误地说出错误答案。

"怎么可能是看风景！"撸撸姐凶巴巴地说，"委托人，你说这个人'看起来很累'，为什么你觉得他很累呢？"

"他喘着粗气，还一直擦汗……"

"这些表现也可能是他紧张啊！"撸撸姐说，"他没心思坐下，必须一直盯着窗外，生怕看漏了。当时刚下完一场大暴雨，理应天气凉爽，而且地铁里有空调，有空位证明人也不多，不可能太热。他却喘着粗气，一直擦汗，这些表现应该都源于紧张和担心，甚至是恐惧……因此他必须亲眼证实一些事。"

"可是,那趟地铁只有一段路是在地面上行驶的,而且那段路在郊区,外面是一片荒地,根本没什么好看的啊……"

"既然是荒地,就更简单了。如果外面的东西多,反而不好判断他要看什么。"

"无人的荒地……他有什么可害怕的呢……"

"怕暴雨把他不久前埋下去的东西冲上来。"

"撸撸姐,那片荒地确实可能大雨一冲就变成一摊烂泥,但要把埋在地里的东西冲上来,可行性上——"

"你再说可行性我就把你打到离线。"

"啊……但……"

"确实不可能冲上来,要是一场暴雨就能把埋在地里的东西冲上来,那我们都没法正常走路了。"撸撸姐冷冷地说,"但是,他连这种几乎不可能发生的事都害怕,我大概能猜到他埋了什么了。"

"是什么啊,财宝吗?"助手再次准确偏离靶心。

"你见过真的财宝吗?能让一个人这么紧张的,作为一个侦探的推测就是尸体。"

"尸体……"委托人吓了一跳,"你是说那家伙不久前杀了人,慌乱中将尸体埋在了那片荒地,不巧马上下起暴雨,他怕埋起来的尸体被冲出来,于是……"

"没错,他不能直接跑去现场看,因为雨天去泥地肯定会留下痕迹。但他知道地铁会经过这片荒地,透过地铁的窗户或许能看到地面上的情况。于是他紧张地踏进了地铁,站到了你旁边的空位的前面……"

"这么说来,我是目击证人啊!"委托人惊叹道。

"没错,你有空可以去荒地里挖一下,如果挖到尸体,那么恭喜你，可以去警察局报案了。"

助手听到这里来了劲儿。"啊，好棒，我这就去挖！"

"那么大一片荒地，你得挖到什么时候啊！"撸撸姐嘲笑道。

"但有凶杀案发生，我们就一定要将凶手绳之以法呀！"助手倒是很有正义感。

"凶杀案？你看到了？"撸撸姐反问。

"啊，你刚刚不是说……"

"我刚刚所说的一切都是推理得出的。推理就是猜测，猜测就是扯淡。以前有个长辈跟我说过，如果前提不成立，那所有推理就都如水中倒影一般美丽但不真实。如果撩撩姐现在过来说在那片荒地里发现了一具尸体，我就可以直接告诉她目击证人，她很快就能破案。但如果没有尸体，那我们就管不着那个人为什么不坐下了。"

助手说："那我去联系一下撩撩姐，问问她最近有没有在那块荒地发现尸体吧？"

"她不来找我，我凭什么主动找她？哼！"

撸撸姐居然也会说"哼"。

这好像是傲娇属性的台词吧，助手想。

-外景5-

"为了帮助你理解，我们把两块地分别标记成A和B。"撩撩姐耐心地解释道。

"嗯！然后咧？"

"A地的下面埋着一具尸体，B地在A地旁边，下面没有任何东西。这两块都是平地。然后，艺术家来了。

"艺术家在B地挖出一个坑，并在A地上建了一座泥做的城堡。

跟得上节奏吗，小枚？"

"嗯，跟得上！"

"好，然后下雨了。暴雨把 A 地上的城堡毁了，本来是个泥城堡，现在变成了稀泥，稀泥流回到 B 地的坑里，把坑填满，变成原来的状态。"

"嗯。"

"重点来了！暴雨继续下着。由于 A 地下面埋着一具尸体，周围的泥土都比较松散……"

"为什么 A 地的泥土松散？B 地不是被挖过吗？"

"因为 B 地被填平了，坑里都是泥土，而 A 地下面有一具尸体，不全是泥土填满，所以 A 更松散。"

"对哦。"

"然后，暴雨继续冲击这片土地，把 A 地本来就松散的泥土彻底冲散，堆积到了旁边，也就是 B 地的坑上面，而 A 地下埋着的尸体渐渐出现了。"

"啊！所以雨停后，艺术家出来看到的坑，其实不是他原来挖的那个，而是被冲出来的 A 地的坑，且里面有尸体！"

"对！B 地上堆着从 A 地冲刷过来的泥土，也加深了艺术家的误解，以为这堆泥土是他的作品残骸呢。"

"这里有个问题，雨前雨后坑和土堆相对位置应该相反呀，为什么艺术家没有发现呢？"

"这只能说……他被吓傻了吧……"

"虽然不是很严谨，但也能说通。"枚举侦探总觉得少了点什么。

"终于破案啦！"撩撩姐开心地叫道。

"还没有吧，撩撩姐……"枚举侦探想起少了点什么了，"我们不是侦探，是警察啊……破案，难道不是要抓到嫌疑人才算吗……我们现在只知道尸体是怎么出现的，凶手是谁还是一点进展都没有啊！"

"这个……慢慢来吧，至少走出第一步了！"

"你说……"枚举侦探弱弱地问，"我们是不是该去问问撸撸姐，这样效率高一点……"

"以后不许你提撸撸姐！"撩撩姐果然生气了，"我们又不是没脑子，凭什么总去问她，我看她也不见得比我聪明，还不是靠助手，切！"

撩撩姐居然也会说"切"。

这好像是傲娇属性的台词吧……枚举侦探想。

"想什么呢，走了，外景结束了。"

说着，撩撩姐深一脚浅一脚地离开荒地。

超名侦探对决事件

由于一些众所周知的原因，撸撸姐从来没出过外景。

但为了加入一些户外描写（灌水），作者让撩撩姐出场了。

江湖上有一些不太善意的揣测，说撸撸姐足不出户是因为没有腿，还有说法是说撸撸姐足不出户是因为她在监狱里。

这怎么可能呢？撸撸姐的腿健康而富有弹性，除了汗毛有点多，几乎挑不出毛病。她也不是监狱里的犯人，她生活在一个有爱的大家庭中。

助手也曾问过撸撸姐为什么足不出户，撸撸姐抽了他一个大嘴巴，然后说："我不用出门就能破案，你能吗？他能吗？"

是啊，如果一个侦探只用脑子和嘴巴就能使真相大白，你又有什么理由非让她在外奔波呢？

然而，一位自称"菲利普"的委托人来到撸撸姐侦探事务所的时候，便注定这一次我们这位伟大的名侦探不得不移驾到另一个场景了。

也注定了她将与另外一位同样伟大的名侦探展开一场针锋相对的决斗！

"菲利普"带来的谜团非常简单，简单到一句话就能说清。

在隔壁城的隔壁，有一座名叫幻影城的城，城里的人只有三种身份，警察、凶手和被害者，死者是一个叫吴有冤的家伙，他的身份是嫌疑人，幻影城大大小小的案件他都有嫌疑，然而最后都被证明是无辜的，但是这一次，他居然成了死者，死在自己家中，死亡时全身被捆住并被堵住了嘴巴，死因是被刀戳中手臂而一刀毙命，尸体旁边散放着笔记本电脑、书本、纸巾、矿泉水瓶、花生米等物品，这些物品连同地板和四周的墙壁都有被刀戳过的痕迹。

没骗人吧,真的一句话就能说清。

如果只是个一般的案子,撸撸姐当然不会想出门走一趟。引起她注意的是现场散落的书籍。

它们分别是:《金瓶梅》《肉蒲团》《闹花丛》和《撸撸姐的超本格事件簿》。

正如大家所知,《撸撸姐的超本格事件簿》与其他三本书不是同一类的,如此说来,它也散落在死者吴有冤身边,真是诡异至极。

"我靠,居然敢把我的书戳破?!我要去揍他!"撸撸姐气愤地站起身,眼中燃起怒火。

"你靠,我也去!"助手挽起袖子,露出的胳膊上青一块紫一块的。

就这样,这对破案率为百分之百的侦探组合,不顾身后"菲利普"的阻拦,双双迈出侦探事务所,向幻影城出发。

这凶手真是倒霉,如果只是捅死了人,反倒简单了。

"你就是隔壁城的名侦探吗?"少年看着助手,问道。

原本嬉皮笑脸的助手面色一沉,像是被人看穿了什么。不过他很快恢复了贱贱的表情,说道:"哎呀,我——"

"撸撸姐,久仰大名!"少年抢先说道。

助手愣了一下,随后反应过来,哈哈大笑道:"你这傻子,我是助手啊!这位才是撸撸姐啦。"

少年遭到侮辱竟也不生气,而是严肃地打量着撸撸姐,说:"我没和你说话!"

"我他妈的一句话都没说好吗!"撸撸姐大叫起来。

"咳咳,好了、好了,各位也都打过照面了,我们还是先去检查一下现场吧。"霉葛磊探长出来打了圆场。

"对了,马弱呢?"少年突然问道。

"哦,他刚刚给我打了个电话,说还在路上呢。"探长说。

"我们是走过来的。"撸撸姐淡淡地说道。

探长擦了擦汗。"不愧是隔壁城的名侦探,办事效率就是高!"菲利普·马弱是著名的慢性子,如果他们真的坐马弱的车来,大概需要五千年才能抵达。

此刻,幻影城、隔壁城两大名城里的名侦探和他们的助手都汇集在吴有冤家。没人知道幻影城的名侦探的真名,只知道他的外号——"邪眼少年"。据说他的邪眼可以看穿真相!

现场诚如委托人所描述的,非常惨烈。死者被戳中手臂直接毙命,尸体旁边的墙壁、地板、笔记本电脑等物品也同样被利刃破坏。这个凌乱的现场让每一个人都感受到了来自凶手的强烈恨意!

看到大家都被现场惊呆了,霉葛磊探长作为东道主,打破了这令人窒息的沉默。

"两位名侦探,你们对这个现场有什么看法?"

几乎没有存在感的小张发言了。"凶手一定是想掩盖什么。少年,你怎么看?"

"我靠,他是谁,什么时候出来的?隐形人诡计吗!"助手悄悄问撸撸姐。

"好像是邪眼少年的助手,和你一样,存在感爆棚。"撸撸姐也悄悄地说道。

还好,他们这番不礼貌的耳语没有被别人听到。

少年镇定自若。别人观察尸体的时候,只有他一直盯着探长。他身上有一种独特的气质,像是一个天外来客。

"探长，你手上拿着什么？"天外来客问道。

霉葛磊探长骄傲地回应道："真不愧是名侦探啊，眼睛虽然看着现场，却能发现我偷偷藏在背后的证物！"

说完，他从背后掏出四本书来——衣服背后并没有口袋，也不知他是从哪儿掏出来的。

看到摊在桌上的四本书，助手和小张忙不迭地凑上前去，观察起来。

居然把撸撸姐的著作戳破，居然把撸撸姐的著作藏在背后的黑洞中。幻影城的人都太可恶了！

——助手气得浑身发抖。

同样身为助手，小张是什么表情、什么动作，却没有人知道。这种透明的存在感简直是助手界的耻辱。

与两位激动的助手不同，两位名侦探果然很有风范。邪眼少年看都不看那四本书，眼神冷冷地扫向尸体。

"面对这样的诱惑，邪眼少年竟然瞧也不瞧一眼，还在关心案发现场，这种名侦探的胸怀真让人敬佩！"霉葛磊探长表扬起他的名侦探。

撸撸姐面无表情地说："我一眼就看穿了，这本《撸撸姐的超本格事件簿》是盗版的。"

助手张大了嘴巴，惊讶地问道："不愧是撸撸姐，居然一眼就看穿了！你是怎么推理出来的？"

"因为这本书没有正版。"

恍然大悟！醍醐灌顶！

几乎要被真相击晕的助手眼神涣散，摇摇晃晃地直起身，宣布道："真是令人震惊的名推理！有了这个大前提，我的脑子里已经迸发出了五彩斑斓的伪解答，迫不及待要与各位分享了！"

听到这番话,霉葛磊探长害怕起来。撸撸姐和助手的名声他也略有所闻,如果让破案率百分之百的他们先开口,一旦破了案,那他守护的少年名侦探脸往哪儿搁?于是他清了清喉咙,用非常官方的口吻说道:"既然你们各有各的想法,那就这样吧,分开调查,看谁先破获这起不可思议、完全没有头绪、我的职业生涯中最恐怖、最诡异的杀人事件!"

"这个案子,有两种可能!"

一回到霉葛磊探长为他们准备的酒店房间,助手就迫不及待地开始列举伪解答。

这家"莱特大酒店"是幻影城最大的精品主题酒店,也是幻影城唯一的酒店。

作为这个城市最著名的酒店,这里每天要接待两到三个客人,可以说是人满为患。而他们的服务质量也非常好,设有各式各样的主题套房。探长为撸撸姐他们安排的房间,正是最受欢迎的"单身狗套房",房间里只有一张床,床上有两个充气娃娃。

撸撸姐把两个充气娃娃扔到地上,坐在床上,一天的奔波已让这个习惯足不出户的名侦探筋疲力尽。

"第一种可能,凶手不是故意破坏现场的!第二种可能,凶手是故意破坏现场的!"助手一边说,一边把两个充气娃娃塞到自己的包里。

"咦,塞不进两个……怎么办,撸撸姐你说哪个比较好看?"

"你想偷吗?当心那个霉葛磊探长逮捕你哦。"撸撸姐白了助手一眼,"我觉得那个不错,比较凶,长得有点像撩撩姐。"

"好嘞,我就喜欢凶一点的!"助手满意地把胸大的那一个塞进了包里,把像撩撩姐的那个扔在了一旁。

忙完之后，助手继续他的陈述。"第一种可能。因为凶手是远距离杀人，他是在窗口将被害人杀掉的！"

"哦？"撸撸姐认真地敷衍着。

"凶手先进屋把吴有冤绑好，并塞住他的嘴巴，然后走出门，来到窗前，用一根长绳子系住刀，向吴有冤扔去。可惜啊，他的飞刀技术不好，总是戳到旁边的东西，但他不灰心、不气馁，飞不中就收回来继续尝试，终于戳中了吴有冤的要害，谋杀成功！"

"特别有画面感，但是问题来了，他为什么要用这么复杂且耗时的手法呢？绑住被害人的时候就可以一刀把他戳死了啊。"撸撸姐反驳道。

"一刀戳死太简单了，他想让被害人死前心中充满恐慌，不知道自己什么时候会死！我们可以以此为凶手画像，他肯定是一个残暴，但又充满童趣的人！"

"幻影城有这种人我一点都不奇怪，但是请你注意，案发现场不是一楼！窗户外面是不能站人的，除非凶手能飞。"

"对哦……幻影城怪人很多，但会飞的应该没有。那你来听听这个解答，因为被害人在反抗！"

撸撸姐问："怎么反抗？"

"嘿嘿，凶手拿着刀向被害人扑来的时候，被害人不会无动于衷，他一定会反抗！但他没有武器啊，于是他拿起身边的物品——一本书，被戳破了。再拿一粒花生米，又被戳破了。拿笔记本电脑，被戳破了。这是什么宝刀吗！嘿，再拿地板，天哪又被戳破了！再拿墙壁，又被戳破了。天哪，死在屠龙刀下也是没有办法！"

撸撸姐不顾劳累，从床上跳下来，助跑猛冲，一个直拳击中助手的肚子。

"你手脚都能动,都挡不住我一拳。吴有冤浑身被绑,还能反抗?"

助手似乎感觉不到疼痛,他挠挠头,继续说道:"这样看来,只能是第二种情况了——凶手故意破坏了现场!"

撸撸姐点点头,似乎认同了助手的说法。"推理小说中都是这么写的。"

"凶手一样一样东西戳破,是为了寻找什么东西。我想,应该是……黄金!"助手拍了一下手,表示这是自己临时想到的,"吴有冤家中藏有大量黄金,凶手为了抢夺黄金,将其捆绑,逼他说出黄金藏在哪里。吴有冤说在书里,于是凶手戳破了书,没有!吴有冤说在地板下,于是凶手戳破了地板,没有!吴有冤说在花生米里,于是凶手戳破了花生米,没有!吴有冤说在矿泉水瓶里,于是凶手戳破了矿泉水瓶,没有!吴有冤说在笔记本电脑里,于是凶手戳破了笔记本电脑,没有!吴有冤说在墙壁里,于是凶手戳破了墙壁,没有!吴有冤还想说,但凶手不干了,他说你给老子闭嘴,把他的嘴堵住了。顺便一怒之下把他给戳死了,还说什么老子得不到的谁也别想得到!"

撸撸姐惊呆了,助手怎么一个人就可以演一出小品。她忍不住又在助手的脸上鼓起掌来。啪啪啪。

助手鞠了一躬,说了声谢谢。然后又开始新的伪解答——好像刚刚什么都没发生!

"撸撸姐,我不知道你有没有看过克里斯姐的一本小说,在那本小说里,每个嫌疑人都是凶手,他们一人一刀,把被害人戳死了。我想,幻影城里的人都是侦探小说迷,肯定看过这部经典著作。"

"你想说什么?"

"我想说,小说就是小说,是虚构的,现实生活中不可能有那么多丧心病狂的人,真的一人一刀戳死一个人。他们之中肯定有一个带头的,他勇敢地戳死了被害者,然后其他人只是完成仪式一般,象征性地戳一下旁边的物品罢了。"

"吴有冤有这么多仇家吗?"

"从他的人物设定中我们可以看出,他有!有冤有冤,有很多冤家!而且他是个著名嫌疑人,每个案子他都有嫌疑,只是最后都逃脱了。其实啊,那些案子都是他做的,只不过他钻了《幻影城法》的漏洞。因此,有太多人想杀死他了!"

"这个想法很有趣,但是不对哦,霉葛磊探长跟我说过,以前那些案子都破了,也找到真凶了,真凶都认罪了,没有人被冤枉!"

"什么?真凶每次都认罪了?心理素质这么差吗!"

"具体情况我也不知道,据探长说,好像是动用了邪眼少年的能力。"

"那个侦探居然这么厉害……"助手一时不能接受,本来他还以为那个少年和自己一样,是个搞笑角色呢。

"好吧,那来听听这个解答!凶手在现场戳那么多洞,是为了掩盖一个洞!"

"藏叶于林的诡计吗……老梗哦。"撸撸姐轻蔑地说,"不过你不妨说说看,为什么凶手要掩盖那个洞?"

"凶手穿着高跟鞋!"助手大声说道,"杀人的时候,凶手的高跟鞋在光滑的地板上摩擦、摩擦,一不小心,噗,鞋跟戳破了地板!天哪,这双限量版'时尚约翰逊开刃高跟鞋'可是全城限量,只有一双!警方过来一看现场马上就能锁定凶手。凶手没有办法,只好用手里的刀子在现场戳出好几个洞,以掩盖这一痕迹。"

"凶手是要去杀人的……为什么要穿这么不方便的鞋子呢?"

"因为时尚啊！女的都爱漂亮，你懂不懂？"

身为女性的撸撸姐根本无法理解。

"如果说这个你都不认同的话，那我只能说出终极伪解答了！"助手拔高了音量。

"呼……"撸撸姐松了口气。

"我们要找的凶手，一定是一个建筑工人！"自信的助手说道。

"好的，我这就打电话给霉葛磊，告诉他所有的建筑工人都是无辜的。"

"喂！你听完我的解答啊！"助手急得要哭了，"凶手故意把旁边的物品戳破，不是为了制造洞，而是为了制造声音！"

"哦？"撸撸姐倒真没想过这个解答。

"用刀子戳地板和墙壁的时候，会发出'咚咚咚'的声音，凶手需要的就是这个声音！"

"蛮有趣的，接着说。"

居然受到了撸撸姐的鼓励，助手更来劲儿了。"凶手是一名建筑工人，平时都在建筑工地上干活，这一天他要去杀人了！为了给自己制造不在场证明，他在杀人的同时，打电话给了一个朋友，说'我在干活哦，很重的体力活哦，你听，还有声音呢。哎呀好累，咚咚咚，好了工头叫我去搬砖了，回聊哦，拜拜'。而这个咚咚咚的声音，就是他给自己制造的不在场证明！"

撸撸姐目光呆滞，好像进入了自己的世界。

"撸撸姐？你怎么了撸撸姐……我的解答太厉害了把你吓傻了吗！不要啊，以后我都留给你说好了。你不要不说话啊，你打我啊！"助手手足无措。

"声音……声音……我怎么没想到呢……"撸撸姐在喃喃自语些

什么。

"对对对，以后我都让你想到，我不乱说真相了，撸撸姐！"

"走，我们去现场！"

"啊？你不是很累了吗？去现场干吗？"

"帮被害人把家整理一下。"

在撸撸姐和助手的一番整顿之下，吴有冤尸体旁边散落的笔记本电脑、书、纸巾等物品都回到了原来的位置。

"这……"助手目瞪口呆。

"刚来到这个城市，我就觉得他不正常。"撸撸姐已经恢复了往日的神采，此刻，她开始说明来自名侦探的真解答，"最初，我以为所有的名侦探都不正常，后来我才发现，他是真的不正常！"

"你在说什么啊撸撸姐，你也不是很正常啊……"

"还记得见面的时候吗，邪眼少年看着你却在跟我说话，看着我又在跟你说话。我们都在看尸体的时候他在看探长，探长拿出书的时候——我的书那么好看他居然在看尸体！种种迹象表明……他不是邪眼少年！"

"那他是？"

"斜眼少年！"

助手沉默了半晌。

"你告诉我区别在哪儿？"

"不是鬼眼狂刀的邪，而是浪客剑心的斜！你懂吗？很浪的！"

"原、原来是这样！"助手回想了一遍，确实心里通透了许多。

"是的，他是斜眼，无法直视眼前的人。"

"啊，所以和他交谈的人会觉得莫名其妙。"

"对,让我们看看这个现场。凶手其实根本不是故意把所有东西都戳破,而是他……戳不中!"

"这么说来……"

"是的,人体的要害有好几处,一般杀人常攻击的是太阳穴、咽喉、心脏这几处,但这位凶手却选择割断手臂上的动脉!我想他是在戳了无数下都没戳中之后,被害人实在着急,主动将手臂靠了上去!"

"哦……死者被绑住了,太阳穴、咽喉和心脏都无法凑到凶器下,只能勉强用手臂去凑……"

"是的。杀人之后,凶手又找不到房门在哪里,只好在房间里乱摸,于是把东西都弄乱了。当我们把物品重新摆放到原位后,就发现真相竟是这么简单可笑!"

他们看着整理完毕的现场,墙壁、地板、书、笔记本电脑、纸巾、矿泉水瓶、花生米全部复归原位,戳在这些东西上的洞连在一起,赫然是一个人的轮廓。凶手戳了那么多下,却一刀都没戳中,全部戳在了人旁边的物品上……

"啊,那我们快去通知霉葛磊探长逮捕斜眼少年吧!这就是证据啊!"

话音未落,外面冲进来一群警察。

"不用通知了,我们来把你带过去。"

说完,他们将手铐铐在了撸撸姐的手上。

超奇怪裸体自杀事件 ———

她赶到现场的时候，人已经很多了。人群围在警戒线外，不断向里张望，交头接耳。

凭借警察证和拳脚的威力（主要是后者），她终于挤过里三层外三层的人群，来到案发现场。

真奇怪，不管发生什么事情，围观人群总是里三层外三层，不多不少共六层，他们是不是说好了？

但此刻，她没有闲暇去思考这个奇怪的现象，因为，有更奇怪的现场等着她。

"啊，撩撩姐，来得好快呀！"同事看到了她，打招呼道。

"嗯，我拼命赶过来的，看来还是来晚了一步。"她说，"已经……没救了吗？"

"死得嘎嘣脆。"

她呼出一口气。就在十分钟前，她接到了同事的电话，说这边有人站在天台上要跳楼。她没再问更多，电话里不断传来围观人群的叫声："快跳呀快跳呀！""脖子都酸了再不跳我去上班啦！""瓜子要伐瓜子，十块钱一包、两包只要二十块！"挂断电话，她以最快的速度赶赴现场。但很可惜，她没有看到跳楼那一幕。

不对——很可惜，她没能阻止悲剧发生。

"你不是说现场已经控制住了吗？什么情况！"她很生气。

"现场是控制住了呀，但是那人在天台呀……我们又不能控制。"同事很无辜。

"是自杀吗？"

"应该是自杀。据围观群众说，他在天台上站了很久了，好像在犹豫。谁知道警察一到他就跳了。"

"死者的身份确认了吗？"

"确认了，虽然摔得面目全非，但是围观群众还是辨认出来了，是住在十三楼的小王。"

"十三楼？那不就是……"

"对的，顶楼。"

她抬头观察这栋建筑，共十三层，顶楼上面是公用的天台。小王就是从那里跳下来的。

建筑外表光溜溜的，没有阳台，但每家窗口基本都做了伸缩金属架，架子伸出去就可以晒被子晒衣服了。她注意到有一户人家晒在外面的衣服和被子挂在架子一旁，猜测可能是被跳楼的小王碰到了。

这时同事的对讲机里传来声音："我们现在在十三楼，死者家大门从里面反锁了，我们撞开之后进了屋，里面没有人。"

"收到、收到。"同事对着对讲机回复完，看着她说，"看来真的是自杀。有同事一直在十三楼待命，刚刚破门进去了。"

"可凶手也可能在天台啊。"她机智地说道。

"不可能。他还没跳的时候，我们派了个谈判专家去天台劝他，想不到专家刚上去他就跳了，正好看到他往下跳的身影。"

"那就没什么问题了，以自杀结案吧。"

"不……有一个奇怪的地方。"

"什么？"

"死者是裸体的。"

"啊？"她本来都不想看尸体了，这种从高空坠楼的尸体都异常惨烈。但听到这句话，她赶忙拨开围着尸体的同事，凑进去看。

果然，摔得已不成人形的小王身上半块布都没有。

"这……他本来就没穿衣服吗？"

"不，谈判专家说，他在天台看到他往下跳的时候是穿着衣服的，还穿了很多呢！"

另一位同事突然眼神闪烁地说道："是自杀应该没问题，只是还有些无法解释的疑点，没办法写结案报告。这种奇怪的事情你最拿手了吧，那这个就交给你啦！"

"好吧，我试试……"她勉强应道，其实内心早已充满期待和兴奋之情。

不过同事不知道，那些奇怪的案件，都是那个奇怪的侦探侦破的。

看到高挑美丽的委托人走进来，助手笑得汪汪乱叫。

"哟，撩撩姐，欢迎欢迎，热烈欢迎！"助手叫道，"这次又带什么不可思议的谜团来了呀？"

即便助手愚蠢，也知道，能来这个侦探事务所的人，肯定都带着不可思议的谜团。

"撸撸姐侦探事务所"就是这么一个神奇的地方。其实有很多人想一睹撸撸姐（和助手）的真面目，甚至想和撸撸姐成为朋友，或是想揍助手，但没人能找到这个地方。不过，一旦你遇到不可思议的谜案，想得到撸撸姐的帮助，就会被引导着走进这家侦探事务所。

但你即便去问已经来过好多次的撩撩姐撸撸姐的侦探事务所在哪儿，也得不到答案。撩撩姐会意味深长地说："如果没有无法破解的谜团，我是不可能找到那个地方的。"

这一次，听完委托人的讲述，助手马上迫不及待地嚷嚷："我知道、我知道！这个太简单啦！谜团中的线索都被我看穿了！"

撸撸姐在一旁一句话都没有说。

委托人一踏进门，撸撸姐就冷冷地看着她，像在看一个敌人。

见撸撸姐不说话，视活跃气氛为己任的助手干脆说道："那我们就开始解答之旅吧！这起事件呢，有两种情况！"

委托人也习惯了助手的聒噪，她并不在意，坐在椅子上，和撸撸姐对视。目光一来一往，像带着两把刀过招。两人唯一不同的是表情，撸撸姐始终沉着脸，委托人则嘴角挂着一丝微笑。

助手上前一步，站在两人之间，把撸撸姐挡在身后，对上委托人冷酷的眼神。大概持续了半秒，他又嬉皮笑脸地说："不要这么严肃嘛，听完我的伪解答你们就会开心了。来，要不要吃根肉骨头？"说完还真从背后掏出了一根骨头，不知道是从哪儿掏出来的。

委托人一脸嫌弃地看着助手，说："我不吃，你说吧，狗助手。"

助手听到背后传来吐气的声音，他知道，这一通插科打诨，让两个女人都松弛了下来。

"第一种情况，小王本来就没穿衣服！第二种情况，小王本来穿了衣服！鼓掌！"他自己先啪啪啪地拍起手来。

委托人愣了一下，然后用右手拍了拍放在膝盖上的左手，算是给他一个面子。

撸撸姐的反应就比较激烈了，她一脚踹在了助手的屁股上。

助手在地上打了一个滚，大笑道："哈哈，撸撸姐，被我算计了吧！我就知道你要踹我，所以故意背对着你站。这样你就只能踹到我的屁股，而不是我的……哇哈哈哈，好惊险！"

委托人托着腮说："这样你就占便宜了？"

"好啦，不欺负你们了，我要说第一种情况了！"助手舔了舔手中的骨头，说道，"第一种情况，小王本来穿了衣服……"

"咦？第一种不是没穿衣服吗？"撸撸姐问道。

"哇！"助手跳了起来，"好开心！撸撸姐在认真听我的伪解答呢！我本来以为撸撸姐都不认真听的，故意做了个测验……"

"我当然要听啊，不听怎么骂你。"

"开心！"助手笑着说，"好啦，我先说本来没穿衣服的情况吧。小王没穿衣服，可为什么谈判专家认为他穿了呢？因为，小王站在阳光里。"

"你是想说谈判专家被阳光闪瞎了眼吗？"委托人问。

"当然不是，我的伪解答怎么会这么简单。"助手得意扬扬地说，"谈判专家以为阳光就是小王的衣服呀。"

"啊？"

"不是有一首歌这么唱吗，披第一道阳光在肩上。说明阳光是可以穿的！"

"我要被你的伪解答闪瞎眼了。"

"开心！"真不知道助手一天到晚都在开心些什么，"好啦，那我们来说说第二种情况！"

"什么，第一种情况只有一个伪解答吗？"

"是啊，这位观众您有什么问题吗？"助手把拳头伸到委托人嘴边，假装握着一个话筒。

委托人没有回答，她直接把拳头伸到了助手的脸上。

"好的，第二种情况，小王本来穿着衣服！"助手抹了抹脸上的血，继续说道，"但为什么大家都觉得他没衣服呢？因为，他的衣服是肉色的，就像皮肤一样！"

"为什么要穿这种衣服……"

"cosplay呀，你看过《进击的巨人》吗？小王是在cos巨人。"

听到这个解答，委托人的眼中闪过一道冷光，但马上又变回正常模样。

"对了、对了！他可能不是cos巨人，而是cos圣斗士！圣斗士都穿盔甲嘛，但从十三楼摔下来，盔甲都摔碎了！"

现场一片死寂。委托人直直地盯着助手，眼神中暗藏杀机。但助手好像没有察觉，还不解地问道："怎么冷场了呀？你们是在消化我的话吗？这种解答是小意思啦，我还能说出好多好多能cos的人物……哎呀！"

撸撸姐又一脚踹在助手的屁股上，助手又打了一个滚。

"够了！快说下一个伪解答吧！"

助手不知道这个解答哪里不对，只能这样想——可能是不小心把撸撸姐准备好的真解答说出来了，这真是做助手的失职啊。想到这里，他觉得很愧疚。

"好啦，你们看这个解答怎么样。他的衣服是易燃材料做的，在高速下坠的过程中和空气摩擦，燃烧了起来。人掉到地上的时候，衣服正好烧没啦！"

"哟，伽利略①嘛！"委托人打趣道。

"哪里哪里，我是家里蹲、家里蹲。"助手谦虚地摆摆手。

"还是蹲在我家……"撸撸姐插嘴道，"这个解答不行啊。先不说从十三楼落下这么短的时间内能不能完全烧光一套衣服，就光看尸体状况，并没有灼烧的痕迹啊。"

"对对，撸撸姐说得对，衣服不是烧光的！"助手总是能轻松放弃，"衣服是拆光了的！"

---

① 日本推理小说作家东野圭吾的代表作《神探伽利略》里的名侦探，常以科学知识破解疑案。

"拆光？"

"没错，小王穿着毛衣，跳楼的时候，衣服上的一根线头被勾住了，然后在他下坠的过程中，毛衣就一点点被拆掉了！"

"这什么技术，一根毛线织一件衣服啊……而且是那么短的一根线。"

"好啦！不灌水了！接下来我要说真解答了！"助手突然拔高了声音。

撸撸姐和委托人其实还在想刚刚的拆毛线解答，想不到助手已经先她们一步，放弃了这个解答！

"听好了，真解答往往都蕴含之前提到的线索，此案的线索太明显了，我相信很多读者和我一样注意到了！"

"什么线索？"

"就是晒在架子上的被子和衣服！"助手抬头看向虚空，说道，"也注意到了这一点的读者，恭喜你们，你们和我一样聪明！"

"哦，这个地方我也注意到了。"撸撸姐的声音幽幽传来。

"咦！"助手打了自己两巴掌，"真的吗、真的吗！我不是在做梦吗，我居然注意到了撸撸姐在意的伏线！"

"先说你的解答。"

"嗯，解答是这样的，小王在下坠的过程中掉到了一户人家晒衣服的架子上，从现场状况中我们已了解到，架子很牢固，没有被撞坏，但晒在上面的衣服被碰掉了。那件衣服可能就是小王穿的衣服！"

"你是说，一个人掉在架子上，把身上的衣服砸掉了，把自己给砸裸了？"

"只能这么解释啊，那么明显的线索摆在那里，根据以往的经验，我觉得肯定有用嘛……"

撸撸姐笑了。"你找到了线索，却连加工都不加工，直接硬拼凑，这种程度的解答我为什么不去看东野？"

"东野都没有线索的啊。"助手小声说道。

"哦，这倒也是。"

"喂！老是黑东野老师，有没有意思！"委托人在旁边看不下去了，没准儿她是个东野粉。

"啊啊，那我继续说我的终极伪解答哦——小王的衣服是被人扒掉的！"

"不可能！"委托人马上否认了这种可能性，"楼下有那么多围观群众和警察，死者跳楼前后一直是人们关注的焦点，怎么可能被扒掉衣服却没人看到。"

"因为看不清楚呀，他是在下坠的过程中被人扒掉衣服的！"

"谁？为什么？"

"是楼下的居民！"助手说，"看到有人跳楼，他下意识地伸手去救，结果没抓住，只抓下了小王的衣服……"

"好，就算这样可行，但小王死时是全裸的啊，短短的一瞬间，有可能把人家全身的衣服都扒光吗？"

"一个人当然不可能，但如果每一层都有一个人伸手呢？"

委托人震惊了，她张大了嘴巴，说不出话来。

"一共十三层，第十三层是他自己家，不算。那下面还有十二层呢，每人伸手扒一件，就算小王穿着大衣、西装、羊毛衫、马甲、衬衫、背心、背背佳、西装裤、棉裤、毛裤、秋裤、内裤，这十二件衣服也照样能扒干净！"

"可是，这……概率……"

"如果你觉得这个概率太小了，那就不妨把结案报告的标题改成有翼之案①报告。"

"什么?"

"唉,你不是麻狗,白长这么漂亮了,跟你说你也不懂,汪汪汪!"

"好了,助手,你的伪解答说完了,该我说真解答了!"撸撸姐看到篇幅差不多了,出来主持公道了。

"好的,撸撸姐请讲,啪啪啪。"助手完全不在意自己的解答是基于什么理由被否定的,自觉地退了下去,带头鼓掌。

"刚刚助手说,这个谜团只有两种情况,但我要说,其实还有第三种情况!"

"什么!还有第三种?"委托人觉得不可思议。

"什么!难道又要说两种情况里的一种了吗?"助手却见怪不怪。

"没错,第三种情况就是——第一种情况,小王本来就没穿衣服!"

"居然真的有第三种,天哪!"助手配合地大呼小叫起来,"可恶,我怎么就没想到!"

撸撸姐满意地点点头。"没错。本来就没穿衣服,掉下来的尸体也没穿衣服,这就丝毫不奇怪啦!"

"不对啊。"委托人提出质疑,"谈判专家说他看到小王往下跳的时候是穿着衣服的啊,难道……谈判专家是同谋?"

"不,总是同谋这种解答,中国推理还怎么进步?"撸撸姐严肃地说道,"真解答是,谈判专家在天台上看到的——不是小王!"

"不是小王?那他看到的是谁?"委托人问。

---

① 《有翼之暗》是日本推理作家麻耶雄嵩的处女作,以可行性十亿分之一的密室解答闻名于世。

撸撸姐深吸了一口气，看着委托人，慢慢地说道："是你！"

委托人听到这番话禁不住浑身颤抖，但没有反驳。

明明没人踢他，助手却自己在地上打了个滚。他滚到委托人身边，扶住了她的腰，告诉她要冷静。等委托人不再颤抖，助手才又滚回到撸撸姐身边。

冷静下来的委托人哼了一声，说："撸撸姐你在说什么蠢话！你这个解答比助手的还要离谱，我跳下去怎么没死？小王又是从哪里摔下来的？"

撸撸姐没有正面回答委托人的问题，而是面朝助手，慢慢地说道："那么明显的一个线索摆在那里，连你这种南瓜脑子都发现了。可惜，由于天赋异禀，你没有得出正确的解答，这让我松了一口气。"

"撸撸姐，这是我应该做的！"助手一脸骄傲，好像做了一件了不起的事。

"从刚才的案情陈述中我们得知，小王从高空坠下，砸在了一个晾衣服架上，但没把架子砸坏，只是弄掉了几件衣服。"撸撸姐又转向委托人，说道，"助手得出的解答是架子比较牢固，但其实更可能的情况是，那个架子所处的楼层很高！"

"什么意思？"

"那个架子应该是在十二楼吧，距离天台只隔着一层楼，因此冲击力不是很强，所以架子没有被砸坏。"

"架子在几楼和案子有什么关系？"

"当然有关系！十二楼的架子上不仅有被子和衣服，还有没穿衣服的小王！"

"小王在晒日光浴吗？"助手问。

"不，那时小王应该已经死了，或者是在昏迷中，是被凶手摆在那里的。拜托，你的脑子能不能稍微正常点，有人会躺在晒出去的被子上晒日光浴吗！"撸撸姐敲敲助手的头，接着说，"小王家在十三层，要自杀直接从窗户跳出去就行了，为什么还要爬上天台？那是因为，凶手——也就是委托人你，需要目击者！"

委托人面对指控却没有辩解，只是眼神更加冷酷了。

"谈判专家说跳楼的人穿得很厚，想必是因为你怕地上的人认出来，在警服外面又裹了衣服吧？你一直在天台等围观群众越聚越多，然后谈判专家走上来，选准专家看到你的一瞬间，往下跳。"

"那样我会死啊。"

"不会死，因为你跳到了十二楼的金属晾衣架上！只隔着一层楼，应该很轻松。跳到架子上之后，你紧紧地抓住架子，再把小王的尸体踢下去。楼下的人离得太远看不清，以为是小王撞到了架子又掉了下来，其实那个时候已经换人了！接着，人们的注意力全都集中在坠楼的小王身上，没人注意到爬进十二楼窗户的你。你在屋里脱掉裹在外面的衣服，穿着警服从楼上下来，装作刚到现场！"

"啊！"助手拍手叫道，"她没跳的时候，大家的注意力全部集中在天台，不会想到十二楼的晾衣架上躺着一个人，而且有被子和衣服遮挡，从下往上根本看不到。她和小王对调之后，大家的注意力又全都集中在了小王身上。没人想到，在这个从上到下一直有人监视的'密室'里，凶手是跳到十二楼逃跑的。真是令人战栗的恶魔般的手法啊！"

"别学二阶堂黎人说话！"撸撸姐骂道。

"但是……撩撩姐为什么要杀小王呢？"

"撩撩姐？委托人有说过自己是撩撩姐吗？我有说过吗？作者有说过吗？"

助手想了想，除了那个同事，只有自己叫过她撸撸姐。虽然不知道那个同事是何方神圣，但可能和自己长着相同的脑子，这让他产生了一丝莫名的亲切感。

委托人看着撸撸姐的眼神越发冷酷了。

"我早就看穿了这件事的真相，但有一个问题我一直想不通，为什么要让小王裸体？如果小王穿着衣服，这件事早就以自杀结案了，完美无缺的犯罪！但凶手搞得很复杂，还找来谈判专家当目击证人。难道只是为了制造一起不可能犯罪吗？这对她有什么好处？直到刚刚你说到cos……"

"cos？"助手纳闷。

"没有待解谜题的人是找不到我这家侦探事务所的，只有心怀未解之谜的人才能出现在这里。这次的凶手正是为了这一设定而故意制造了一起不可能犯罪，还cos成撸撸姐的样子。想来你应该十分熟悉我破案的风格，如此费尽心机，可见你的真正目标——就是我！"

"可惜，你cos撸撸姐做得不到位，她动不动就要拔枪，你从来没拔过……"撸撸姐摇摇头，补充道。

"哈哈哈哈哈哈！"委托人大笑，露出惨白的牙齿，漂亮的脸蛋扭曲着，"反正我的目的达到了，枪，我只拔这一次就够了。撸撸姐，你的死期到了！"

说完，她飞快地解开腰间的枪套，拔出了——骨头！

"咦？我的枪呢？"

"是这把吗？"助手举着枪，直指委托人。

"什么！"委托人看着助手的脸，突然觉得有点可怕。

这时房间突然摇晃起来，地板仿佛有弹性一般，把撸撸姐和助手弹得飞了起来。二人还没缓过神，就又察觉到一股巨大的风袭来。

他们下意识地转头看去，天空中不知何时出现了一个巨大的肉色物体，直冲他们而来。根本来不及反应，撸撸姐已被这个肉色物体扫过，直直地飞了出去。

助手惊魂未定地看着倒在地上的撸撸姐，突然意识到，那个肉色物体似乎是个"木"字形……

某人正传4——再见

"所以,这本书到这里就结束了吗?"

"是啊,你能解开这个谜团吗?"

"谜团?哪里有谜团?这本书里的谜团不是都被侦探解开了吗?"

"你到底有没有认真看啊!这本书里面那个最大的谜面还没有解开呢。"

"哦哦,你是说最后那个……"

"对!"

"撸撸姐为什么被霉格磊探长抓走了?"

"不是啦!"

"可这也是个谜团啊。"

"这个谜团不重要。"

"侦探都被当作杀人凶手逮捕了,这还不重要?"

"不重要,后面撸撸姐不是又出现了嘛。"

"也对,毕竟这本书虽没有任何剧情,却叙述顺序混乱,对话中夹杂着各种不规范的语言,看来作者是一个业余作家呢。"

"没让你评价这本书啦!"

"咦,你为什么这么生气,难道你就是这本书的……忠实粉丝?"

"啊?"

"忠实粉丝啊,书里不是说了嘛。《超长伏线硬要回收事件·下》中,说撸撸姐有一匹粉丝,说的不会就是你吧?"

"你还真是和助手一样——"

"一样扯是吧?不过在破解这本书隐藏的谜团之前,我有个问题必须要确认一下。"

"没问题。"

"有问题啊。"

"我说我可以回答你的问题,这一点,没问题。"

"原来如此!那么,你说这本书本身就是一个谜面,意思就是让我做所谓的手记推理喽?"

"没想到你还知道手记推理。"

"那当然,我可是看过《螺丝人》《眩晕》和《黑曜馆事件》的。"

"最后一本没听过,是什么啊?"

"说错了,我可是看过《螺丝人》《眩晕》和《黑猫馆事件》的。"

"哦哦,这就对了。"

"那么问题来了,既然是手记推理,就必须要保证书里所说的内容都是真实的。"

"嗯,这一点我可以保证,书里所说的内容都是真实的吧。"

"那个'吧'是什么意思?"

"**从某种角度说**,都是真实的。"

"太棒了,说了等于没说。"

"请问大侦探,你现在可以开始解谜了吗?"

"好的,我这就开始解答,到底杀害吴有冤的凶手是谁!"

"咦?不是说了这个不重要吗……"

"就当开胃菜。"

"并不需要什么开胃菜啊。"

"附赠的。"

"是不是就像吃牛排之前送上的面包,点了酒之后送上的一小碟花生米。"

"可以这么说。"

"我怎么觉得你像在拖延时间。"

"嗯……"

"算啦,反正不急,你就慢慢说吧。"

"因为《超名侦探对决事件》在这本书里显得很奇怪。你看,撸撸姐在其他案件里都是足不出户,光靠委托人的口述信息就能破案。行文格式非常固定,先来一段现场描述,之后就是委托人来到撸撸姐侦探事务所,听助手和撸撸姐破案。"

"《超傲娇导致悬案事件》就没有遵循这个固定模式啊。"

"那个不算,因为是双线叙述,而且撸撸姐那条线还是严格遵守这一模式的。所以我觉得《超名侦探对决事件》非常特殊,案件发生的地点也变到什么幻影城了。我认为,这篇故事不是同一个作者写的。"

"那是谁写的?"

"陆烨华。"

"那是谁?"

"都说了陆烨华啊。"

"我是问陆烨华是谁。"

"咦,你居然不知道吗?亏你还那么喜欢侦探故事。我最近补了不少推理小说哦,陆烨华是一个——"

"是时晨写的。"

"那又是谁!"

"咦,你不知道吗?"

"不知道啊,很有名吗?"

"我的一个朋友。"

"那我怎么会知道啦!"

"其实《超名侦探对决事件》还有一个姐妹篇,那个姐妹篇是时晨写的,收录在他的代表作《斜眼少年》中。说是代表作,其实都没有出版啦。"

"斜眼少年?那不就是……"

"是的,就是《超名侦探对决事件》中撸撸姐推理出来的真凶。而同时,斜眼少年最终推理出撸撸姐是真凶,所以她才会被捕。"

"一起案件,居然让两本小说里的侦探都成了凶手?"

"是这么回事。"

"那我就更加坚定我的推理了。"

"哦?"

"其实真凶不是撸撸姐,也不是斜眼少年,而是霉格磊探长。"

"霉格磊探长?为什么啊?"

"文章里说,一个自称'菲利普'的人到撸撸姐那里请她出山,对吧,这个'菲利普'是谁呢?"

"文章里也说了,菲利普·马弱啊。"

"还记得这句话吗?'菲利普·马弱是著名的慢性子,如果他们真的坐马弱的车来,大概需要五千年才能抵达'。既然从隔壁城到幻影城单程要花五千年,那么从幻影城出发去请撸撸姐,也要五千年,所以在吴有冤被害后短时间内就赶到撸撸姐侦探事务所的那个'菲利普',不是菲利普·马弱。也正因为如此,他在向撸撸姐介绍自己的时候,用的是加了引号的'菲利普'!"

"那他是谁呢?"

"很简单,撸撸姐所有的案子里嫌疑人都没几个,一排除就能锁定,那个去撸撸姐事务所的人正是霉格磊探长。"

"不可能吧,后来到了幻影城,大家会聚一堂,霉格磊探长的身份很容易被戳穿啊。"

"完全不会。在幻影城,包括斜眼少年在内,所有人都称呼霉格磊为'探长',没有人直呼其名,撸撸姐就顺理成章地认为他是'菲利普探长'。而真正的菲利普·马弱呢,幻影城所有人都叫他马弱,而不是菲利普。故此,在撸撸姐眼中,有'菲利普探长'和'马弱'两个人。"

"这个误会倒是有可能发生……"

"我们再看幻影城的设定,城里有警察、凶手、嫌疑人三种职业,其中并没有探长这个职业。说明霉格磊隐藏了他的真正职业,他是一个凶手。"

"这真是一个斜眼少年听了会哭的逻辑啊。那霉格磊探长杀害吴有冤的动机是什么呢?"

"其实无所谓,死的人并不一定非得是吴有冤,只是吴有冤恰好是著名的嫌疑人,和探长比较熟而已。探长的真正动机,是想制造一起凶杀案,嫁祸给斜眼少年!"

"啊,所以他才会去请隔壁城的撸撸姐,并且把被害人身边的东西都戳烂。"

"对,撸撸姐经由这一线索顺利推理出凶手是斜眼少年,这一切其实全是霉格磊探长的安排。最后,幻影城和隔壁城的两大名侦探被捕,探长终于不用再活在名侦探的阴影下,终于不用对名侦探阿谀奉承、被读者骂是蠢货了!这就是他的动机!"

"嗯……虽然很牵强,但似乎能解释通。这个开胃菜很不错,我对正餐更加期待了。"

"正餐嘛,就更加异想天开了。在撸撸姐的故事中,连时光隧道、恐龙、清朝人、辛德瑞拉恶魔都出现了。"

"对,这些谜团你需要一一解释清楚。"

"不,如果我猜得没错的话,只要揭开最重要的那一个秘密,就能同时破解撸撸姐事件里的所有秘密!"

"最重要的那一个……"

"是的。包括为什么只要怀有谜团就能自动找到撸撸姐事务所,为什么撸撸姐能和读者、作者交流互动,为什么在最后一章撸撸姐被从空中袭来巨大的'木'字打飞,这些看似超现实的情节,只要知道了那个秘密,就能解释!"

"那个秘密是……"

"虽然这本书里对案件的解答算得上多样,短短十万字内做了数百次推理,语言也比较轻松,但我在读的过程中总觉得有一个地方非常奇怪——为什么人物的说话方式都一样?"

"说话方式?"

"都爱用感叹号,一惊一乍的;都喜欢吐槽;脑回路和说的冷笑话都差不多。这是为什么呢?"

"这本书毕竟没有出版。作者应该是个新人,笔力不够吧?"

"有道理。"

"喂!不要总是附和我呀,你的答案是什么啦!"

"我的答案嘛……因为这些人物,其实都是**同一个人**啊。"

"啊……"

"具体点说,这些人物,都是**你**吧。"

"我?你开什么玩笑,这些人的性别、年龄、外表都有描写,明显不是同一个人。"

"没错,形象都不一样,但话都是你说的。我小时候也玩过这种游戏呢。"

"你说的游戏是指……"

"我第一次来你家玩时就发现了,你们家啊,玩具太多了,各种各样的玩具都有。你就是和这些玩具一起,创造出这本《撸撸姐的超本格事件簿》的吧?我家有奥特曼和怪兽玩具,小时候我每天拿着他们编剧情,让他们打来打去。你和别的女孩不一样,特别喜欢侦探故事,家里的这么多玩具也不是用来玩过家家的吧。"

"你的意思是,这本书里的故事都是我拿着玩具编出来的吗?那我为什么还要再写下来呢?"

"人是会长大的。长大后,过去的朋友可能会渐渐离开,更何况这些没有生命的玩偶。我曾经爱不释手的奥特曼和怪兽,现在都不知道去哪儿了。可能是在某一天突然消失的,而我完全没有注意。想想真是奇怪啊,明明是那么喜爱的'朋友',说没就没了,特别自然。为了留住这些美好的回忆,留住那一个个你们共同经历过的异想天开的故事,你便把他们记录了下来。这样,就算某一天清朝人、恐龙、恶魔这些玩具都从这个家里消失了,你也不会遗憾,因为你早就把它们保存起来了。"

"果然,人是会长大的,你也长大了。"

"为什么突然这么说?"

"以前我觉得你很蠢,总是大惊小怪,还总得出错误的结论。说起来,我故事里面的助手——对了,就是那个玩偶,就是以你为原型设定的呢。"

"哇!"

"你开心什么呀,我在骂你蠢呀!"

"呜哇!"

"不过这次再见面,你长大了好多,不仅一上来就解开了隔壁的日常之谜,还在听完我临时编的暴风雪山庄事件后给出了十种解答。"

"都是伪解答啦。"

"那也很不容易啊,想出伪解答并不比想出真解答简单。最重要的是,你居然光从人物说话的方式就看出了我这本书里隐藏的谜团,直觉超厉害啊。"

"其实……不是直觉啦。"

"不是直觉?"

"你在这本书里写了那么多奇怪的细节,稍微想一下,还是很容易看穿的啦。"

"咦?我有写什么奇怪的细节吗?"

"在《超本格杀人事件中》,你形容林先生眼前的老妇人'**眼睛像小鸡角**',然后在注释里说小鸡角是一种玩偶,市面上没有卖。有谁会用一个市面上没有卖的玩偶做比喻对象呢?从看到这个奇怪的比喻开始,我就在猜这本书里的人物会不会都是作者取了名字的玩偶呢。"

"居然从第一页就开始怀疑了吗?"

"这仅仅是怀疑,奇怪的描述接踵而来。在《超本格杀人事件》和《超高速消失事件》中,撸撸姐提到了作者,还进行了超越次元的互动。"

"和作者互动这一点在后面的故事里也不少见。"

"是的,我在想,什么样的虚构人物能和创造者对话呢?结合前面那个玩偶的比喻,我坚定了这是一个人拿着玩偶,自说自话的想法。所有的对话其实都是**自言自语**,那么书中的人物和自己对话也就很正常了。"

"是呀,反正都是我在说话。"

"然后是主人公的设定,足不出户。"

"足不出户怎么了?"

"一个身体健全,能对助手拳打脚踢的人,为什么足不出户呢?但如果是玩偶就说得通了。不管故事发生的场景怎么变化,玩偶都待在你家里,你并不会带它们出门。"

"嗯……这个我确实没多想,想不到也能作为你推理的依据。"

"基本确定了这一事实之后,接下来不管多么奇怪的描述,我就都能接受了。比如《超长伏线硬要回收事件·下》中,撸撸姐推理出委托人是读者。一个大活人一直和他们共处一室,主人公们却浑然不觉,这不就和我们玩玩具时一样吗?当我左手拿着奥特曼、右手拿着怪兽对打的时候,他们并不会意识到我的存在。"

"除非你强行介入他们的故事。"

"没错。《超奇怪裸体自杀事件》中说:**一旦你遇到不可思议的谜案,想得到撸撸姐的帮助,就会被引导着走进这家侦探事务所。**《超高速消失事件》和《超长伏线硬要回收事件·上》中,来自未来和古代的人遇到了不可解的谜团,竟然也能自动走进这家侦探事务所。这不是因为撸撸姐超脱于时间之外,而是因为**这些人本来就生活在同一个地方,就是这个家里呀。**"

"你说的这些我真的没想过,都是下意识写出来的。"

"不只这些设定,你还有说漏嘴的地方。"

"咦?哪里?"

"在《超高速消失事件》中,撸撸姐说'**这里哪有变形金刚啊?**',这句话听起来有点怪吧,一般我们会说'这个世界上哪里有变形金刚啊?',但撸撸姐用的不是'这个世界',而是'这里',这说明撸撸姐或许承认'这个世界是有变形金刚的,只是这里没有'。"

"哈哈哈,这么细的地方都被你看出来了。确实啊,我的意思是我家没有变形金刚玩具，我不爱玩这种男孩子的东西嘛，还是毛绒玩具适合我。"

"不仅如此，在《超纯洁初恋失踪事件》中，撸撸姐安慰委托人：'你看咱们这里呀，有好多对象可以介绍给你呢，**各种款式各种型号各种价位都有的。**' 一般来说，给别人介绍对象不会用'各种型号各种价位'这么奇怪的描述吧，除非介绍的对象是一个玩具。"

"咦，我是这么写的吗？"

"是啊，你这个说法，如果不留心的话很容易被当成又一个不好笑的冷笑话。不过我当时心里已经有了猜测，看到这句话时就觉得很扎眼了。还有，在《超短时间烂掉了事件》中，'男主人淋了从天而降的黑雨，生了病，正在恢复。' 这里的'从天而降的黑雨'也很耐人寻味。我想，这不会是你在玩的过程中不小心打翻了什么饮料，泼到了那个老公吧。"

"是啊，那天我不小心打翻了咖啡，后来把那个玩偶洗了一下，拿出去晒了。"

"原来所谓的恢复是这么一回事啊。"

"从你的分析看来，撸撸姐虽然台词不多，却老是说出一些关键点啊。"

"助手说漏嘴的情况也不少哦。比如在《超长伏线硬要回收事件·下》中，助手最后说'我这种脑子，**现实中肯定没有呢。在这个莫名其妙的世界**上，合理的、习惯性的事情或许才是虚拟的。'"

"难得他说了这么一长串话且没有犯蠢呢。"

"他的话很玄妙。什么叫'我这种脑子，现实中没有'，他这是承认自己不是存在于现实中的喽？后面还说'在这个莫名其妙的世界上'，莫名其妙的世界，听起来感觉和我们所处的人类世界不一样啊。"

"有可能指的就是'文学世界'呀。"

"不对，再看看这句，《超新手小偷闯空门事件》中，撸撸姐简单明了地说'**这事虽然不是真的发生在现实中，但也不是平面的小说那么简单好吗。**'"

"其实是立体的虚拟世界啊……"

"还有，刚才说到习惯性的事情，有一件事我记得很清楚。"

"什么？"

"我们第一次见面时，我请你破解我小时候遇到的'雪地密室'。"

"对，那次之后我才正式邀请你来我家玩。"

"在这之前，你说'**我的生物钟很有规律，现在依然每天早上六点起床。**'"

"是呀，这个习惯我从小保持到现在，有什么问题吗？"

"很有规律，很难做到，所以我当时印象深刻。后来看到《超童谣模仿事件》中小彤**每天早上六点**被一个声音吵醒时我想，这也太巧了，吵醒她的会不会就是你的闹钟。"

"哈哈，我的闹钟把家里的玩具都吵醒了。"

"所以小彤才不明白每天早上准时吵醒她的是什么声音。后来助手说'我们这里也能听到'，我就确信了。"

"这倒是一个不容辩驳的线索啊。小彤家和撸撸姐侦探事务所都能听到的声音，其实是从更高一层维度传来的。"

"还有一些模棱两可的话。比如《超玩命本格迷聚会事件》中，委托人忍受不了助手的伪解答，抱怨道'这个游戏到底什么时候结束，我快疯了。'他所指的并不是当时正在玩的三国杀游戏吧？"

"没错，他忍受不了的是**整个破案过家家游戏**。"

"在《超大恐龙出没事件》中，你就要自己揭晓撸撸姐的真相了。"

"是因为最后委托人被恐龙叼走了吗?"

"不是,知道是玩具之后,被恐龙叼走就不足为奇了。当时引起我注意的是撸撸姐的一句话,当时助手担心她掉粉,她却说'我从来不用化妆,脸上一直粉嫩嫩红扑扑的,**天生自带精致的妆容**。'不化妆的女生也常见,但不化妆脸还一直粉嫩嫩、红扑扑,天生自带精致妆容的,可就不多见了吧。"

"是呀,因为她是玩偶,天生丽质,不会掉粉。"

"助手也附和了她的这番话,在《超长伏线硬要回收事件·下》中说道'我就是我,是**永远活在现在**的我。'不正说明他是个玩偶嘛。然后撸撸姐说'因为某个人,我们聚在了一起',这句话从别人口中说出,说的可能是撸撸姐。但从撸撸姐口中说出,那'某个人',就只能是你了。"

"嗯,我可以让任何玩具和撸撸姐聚在一起,包括后来的撩撩姐。"

"提到撩撩姐,也很有意思。在《超有理由砍头事件》最后,助手问撸撸姐,是不是以前就认识撩撩姐。撸撸姐是这么说的:'我们……是从同一个地方出来的。'"

"这个就是撩撩姐,你看,是不是腿特别长?"

"确实挺好看的。"

"注意看她屁股上的吊牌,和撸撸姐一样,写着'MADE IN CHINA',是从同一个地方出来的。"

"在《超美丽女刑警蒙圈事件》最后,助手还说'想问问撩撩姐的皮是什么材质做的',怪不得那个毛绒玩具无法理解一把刀藏在身体里怎么会戳不破呢。作为新玩具,撩撩姐的材质比老玩具好多了。"

"这也是玩具悲哀的一点,人会成长,但玩具不会,更新换代之后,只能接受退出历史舞台的事实。"

"这一点你在书里也提到过,《超傲娇导致悬案事件》中说'**这个助手的身高、长相、智商,都没有一点变化**',想必说这句话的时候,内心是很心疼的吧。"

"不过不管新玩具质量多好,我还是最喜欢撸撸姐了。"

"女孩子嘛,对毛绒玩具情有独钟也是正常的。"

"在我没有把撸撸姐拿给你看的时候,你就知道她是毛绒玩具了吗?"

"对呀,在《超名侦探对决事件》中,你这样描述过:撸撸姐的腿健康而富有弹性,除了**汗毛有点多**。一个漂亮的女孩,腿毛有点多,就是在暗示她是毛绒玩偶吧。"

"这么说来,最后一案里面,撸撸姐被空中袭来的巨大'木'字打飞,这个真相你也知道了?"

"对,**凶手就是我**。很抱歉,那次我第一次来你家,一屁股坐在沙发上,把玩偶都弹起来了。我还用手扫了一个到旁边,没想到被你记录在故事中了啊。"

"那个在空中袭来的、巨大的、肉色的'木'……"

"那就是我的手吧。在玩偶的视角中,我的手是倒着向她打去的。我手指张开,拇指和小指就是一横,中指是一竖,食指和无名指就是一撇一捺,看起来就像一个'木'字。"

"你连这个都想出来了,真是没想到啊。我居然无意中在书里透露了这么多关键性的线索。不过我还有个问题哦。"

"什么问题?"

"就像你推理的那样,这本书里所有的人物都是玩具,那也不能说明作者就是我呀,我也可能是无意间得到了一本写着这些故事的本子呢。"

"你看看你家里,玩具这么多,而且你喜欢玩破案游戏,同时满足这两点的人不多吧。而且,在《超有格调的死前留言事件》中,你说过'因为想谜面的时候完全没想到你会得出这种结论',说明谜面真的是人想出来的,不是真实发生的。更关键的是,想谜面的那个人是临时编的,他无法预测故事中的人物给出的解答。"

"确实是临时编的啊,那又如何?"

"你就是一个会临时编谜团的人啊。忘了之前让我破解'小A、B子和大D的暴风雪山庄之谜'了吗,你连名字都懒得取,就只想构思谜团。而且,在那个谜题中,这几个没有名字的人团购了一个度假山庄,度假山庄怎么能团购呢?相似的剧情也出现在了《超长伏线硬要回收事件·下》里,当时那群委托人也是团购了一个度假山庄,又是度假山庄。种种迹象表明,创造这些故事的人,就是你呀。"

"听完你的解答,我觉得这次的谜题出得太过简单了呢。"

"因为我们都是喜欢幻想,又喜欢解谜的人吧。"

"你以前可不是这样的哦。"

"你也说了,人总会成长嘛。对了,我有一个问题要问你。"

"什么?"

"既然这些故事是你的专属回忆,为什么要和我分享呢?"

"可能……我觉得你会懂吧,总觉得只有你会理解我这些童真的幻想,不切实际的解答,甚至毫无笑点的冷笑话。这些都是曾经带给我快乐的故事,所以我想和你分享,想让你也体验这份快乐。"

"和你玩解谜游戏真的很开心!"

"听到你这么说,我也很开心。"

"接下来请继续把玩具们的破案故事记录下来吧,我还想看。"

"不……我大概不会再这么做了。"

"啊,为什么?"

"就像我一直说的,人总会成长,长大了,就需要和以前的很多事说再见啦。一个人自言自语确实有点无聊。"

"可是……"

"可是什么呀,我现在有了新的玩法呢!"

"新的玩法……那是什么?"

"你猜。"

图书在版编目（CIP）数据

撸撸姐的超本格事件簿／陆烨华著．——北京：新星出版社，2018.6
ISBN 978-7-5133-3007-7

Ⅰ.①撸… Ⅱ.①陆… Ⅲ.①推理小说-中国-当代 Ⅳ.①I247.5

中国版本图书馆CIP数据核字（2018）第057592号

撸撸姐的超本格事件簿

陆烨华 著

责任编辑：王　欢
特约编辑：赵笑笑
责任校对：刘　义
责任印制：李珊珊
装帧设计：@broussaille私制

出版发行：新星出版社
出 版 人：马汝军
社　　址：北京市西城区车公庄大街丙3号楼　　100044
网　　址：www.newstarpress.com
电　　话：010-88310888
传　　真：010-65270449
法律顾问：北京市岳成律师事务所

读者服务：010-88310811　service@newstarpress.com
邮购地址：北京市西城区车公庄大街丙3号楼　　100044

印　刷	北京京都六环印刷厂
开　本	910mm×1230mm　1/32
印　张	8.75
字　数	150千字
版　次	2018年6月第一版　2018年6月第一次印刷
书　号	ISBN 978-7-5133-3007-7
定　价	38.00元

版权专有，侵权必究；如有质量问题，请与印刷厂联系调换。